Tu t'appelleras Tanga

Du même auteur
aux Éditions J'ai lu

Calixthe Beyala

Tu t'appelleras Tanga

A l'enfant, Edwy

Je vais mourir, femme. Les Blancs meurent aussi, tu sais ? Plonger dans la mort comme dans la vie. Sans visa, sans passeport. Que faire ? La mort est abondante et complexe. On peut l'additionner, la multiplier et étaler ses déductions comme un marchand son cahier de comptes. Longtemps, j'ai refusé de m'emmêler dans ses calculs. Ce que je voulais, c'était changer d'univers. Partir avec mes affaires dans un sac en plastique roulé sous mon bras. Partir vers des lieux sans terre ni ciel. Chercher l'aveugle. Il me lira le livre sacré de la vie. Il me dira Bangkok, Dar es-Salaam, Mississippi, Kilimandjaro, Kheops. Je prendrai son relais, j'irai sans voir, les yeux ouverts et je verrai, les yeux fermés. J'irai trouver la folle. Je fermerai mon parapluie sous la pluie et l'ouvrirai dans le désert. J'irai trouver l'enfant verrouillé dans l'innocence. Il voyagera dans ma mémoire : « Je suis toi, tu es moi, nous sommes un. » Je dévaliserai le malheur. J'accéderai à la paix. Et il y aura le Japonais qui filme tous ses repas. Il y aura la petite fille qui saute à la corde et l'homme qui regarde en souriant. Mais la mort est là. Elle rôde partout dans cette prison. Sans permission ! Personne ne me demande mon avis.

D'ailleurs je n'en ai pas. Pauvre mortelle et femme de surcroît. Je ne peux ni interdire ni permettre. Peur ? Qui parle de peur ? La peur est illusion. Comme l'homme. Comme Dieu. Même lui a peur. Je le vois assis sur son nuage de poussière, tremblant à l'idée de souffler dans le monde le vent du savoir, la chanson, le rire, afin de lancer la roue de l'amour. Qu'y puis-je, femme ? Ma mort existe avant moi, au-delà de moi, c'est la façon de Dieu, sa manière bien personnelle de faire place nette des indésirables. Sinon, il mourrait empoisonné, tué par son œuvre.

Anna-Claude se tait, lance un regard sec sur la jeune fille allongée par terre. Dans la timide lumière, sa peau paraît encore plus noire. Ses cheveux crépus trempés de sueur ressemblent aux vomissures d'un fauteuil éventré. Les lèvres lacérées par la faim avancent à pas lents vers l'antichambre de l'agonie. Sur le corps immobile, la mort a déjà creusé ses sillons. Seuls les yeux ont la saveur d'une haine violente accrochée sur une existence de silence et de gestes inachevés.

C'était en début de semaine quand des flics l'avaient traînée là, le souffle court, le corps dégoulinant de sueur et de sang. Anna-Claude s'était penchée vers elle, avait tâté le pouls qui partait, pansé ses blessures à l'aide d'un morceau d'étoffe pris sur sa robe et lui avait demandé son nom. L'inconnue avait dit :

– Ma mémoire s'est fermée sur lui. Laisse mes pas entrer dans les ténèbres sans laisser de trace. Que t'importe ? Laisse-moi quitter la vie sans déranger le sommeil des hommes.

Elle s'était recroquevillée dans un coin, avait refusé tout geste, tout mot, toute nourriture.

Anna-Claude s'était évertuée à lui parler. En vain. Elle lui avait raconté sa vie jusqu'à la croisée des chemins, jusqu'à la folie, jusqu'à la mort qu'elle venait cueillir en Afrique. Elle lui avait dit la femme, Anna-Claude la paranoïaque. Sur les murs de son appartement à Paris, elle dessinait des figures menaçantes pour exorciser le mal de vivre. Elle se levait à la nuit pleine, le corps nu, les yeux piqués de sommeil, allait du salon à la cuisine cherchant la figure du monstre qui hantait son repos. D'où le mal pouvait-il provenir ? Des bruits de la ville ? D'elle ? Des autres ? Ou tout simplement du calme exaspérant qui régnait depuis quarante ans, depuis la fin de son enfance depuis la fin de la guerre ? Pas de réponse. Son corps se desséchait. De profondes rides cisaillaient son front. Et dans son regard, toujours les mêmes questions, toujours l'air égaré d'un enfant.

Quand sonnait l'heure des cours, yeux hagards et cheveux hirsutes, elle allait retrouver ses étudiants. Elle s'asseyait sur la table du premier banc, le buste vers l'avant, et elle parlait. Décidée, dure, mystérieuse. Professeur de philosophie, elle sacrifiait aux sciences occultes, Hegel, Kant. Interminablement, elle affirmait que le lieu de rendez-vous du monde était l'imaginaire et qu'il suffisait de fermer les yeux, d'écouter ses propres tressaillements pour l'atteindre. Elle racontait l'Afrique du mauvais œil, des féticheurs, des marabouts. Elle affirmait, retranchait et s'affirmait en les affirmant. Elle parlait d'elle en parlant d'eux, d'un lieu d'Afrique où elle aurait vécu dans une vie antérieure, d'un mari qu'elle aurait enterré vivant pour outrage à la fidélité, de ses douze enfants dont deux étaient morts. Les étudiants l'écoutaient, riaient et murmuraient qu'elle était folle. Ses amis aussi.

Folle, elle l'était vraiment. De cette folie qui questionnait sans jamais répondre, de celle qui créait le temps et l'arrêtait, de celle qui se réclamait de tous les lieux du monde où l'homme abolira les frontières. Les frontières demeuraient, la folie demeurait.

Anna-Claude ? Une détraquée. Elle passait ses jours de congé à concocter des gâteaux d'anniversaire pour les démons qui avaient persécuté son repos. Elle allait par les rues, elle invitait des gens, des dizaines de personnes au hasard de ses pas. Elle disait que le hasard n'existait pas et que si elle croisait leurs destinées c'était parce que les astres le voulaient. Elle ressassait des histoires, les fignolait pour refermer les portes de la détresse, pour tourner la roue du rire. Et, autour d'elle, les gens riaient, se moquaient. Ils la croisaient dans les rues, dans les cafés chez des amis, ils disaient :

– Anna-Claude, quelle nouvelle ?

Elle plongeait dans les mots, érigeait des questions, bâtissait des théories. Qu'ils écoutent ou qu'ils n'écoutent pas, elle continuait. Quand elle n'en pouvait plus de raconter, elle conseillait des lectures et les engageait à penser à leur avenir.

Anna-Claude ! Pour le présent, elle avait inventé son homme. Tissé à la dimension de ses rêves. Elle l'appelait Ousmane. Il était beau, il était grand, il était intelligent. Il habitait en Afrique où il construisait des ponts et des routes et reviendrait bientôt la rejoindre dans leur appartement de Paris. Dans ses visions, elle l'avait imaginé, il apparaissait, vêtu d'un boubou blanc, d'un pantalon à pinces bleu. Il disait :

– *Femme, je t'ai vue sur les plages de mes rêves. Depuis tu as disparu.*

» *Je t'attendais, femme. Je t'attendais et j'avais peur que la mort ne me cueille dans cette attente.*

» *J'étais dans le vide, rien que l'absence de ton ventre, rien que ton absence.*

» *Souviens-toi, femme, de nous avant l'histoire, quand je n'étais ni toi ni moi.*

» *Souviens-toi encore. J'étais fleuve et toi plante oubliée dans le balancement de mes bras. Nous chantions jusqu'à la tombée du jour, jusqu'à la tombée de minuit. Aujourd'hui, seul le ruisseau frémit encore.*

» *Souviens-toi de nous, de moi dans toi et moi encore dans ton sillage, nous regardions le ciel, toujours le ciel pour compter les lunes.*

» *Tu me prenais par la main et me ramenais chez toi, aux origines. Tout dépend de toi, femme. De toi dépend le destin, le geste ou l'oubli.*

Elle le vivait, elle le parlait. À ses amis, elle racontait ses humeurs, ses tics, son refus de la parole avant la deuxième ou troisième tasse de café, l'odeur de son cigare. Elle racontait, elle y croyait, ils avaient fini par la croire. Dans sa penderie, elle lui avait constitué une garde-robe : gandouras, chemises à rayures, chaussettes assorties, pantalons et vestes. Un coin de son bureau avait été aménagé pour ses travaux. Dans chaque pièce de l'appartement, divers portraits le représentaient, nonchalant, énergique, rieur. Des journées entières, elle s'asseyait devant les tableaux et regardait jusqu'à se chiffonner les yeux. Quand elle recevait ses amis à l'heure du thé, la tête renversée sur le dossier d'un fauteuil, elle portait un doigt sur un tableau :

– Celui-là, je l'ai peint lors de notre séjour chez mes parents dans le Massif central, l'autre en vacances en Normandie et cet autre…

Elle expliquait, donnait des détails. Elle avait fini par comprendre leur importance et s'acharnait à les polir de façon à les ajuster intimement. Aux hommes qui l'accostaient dans les rues, sur les quais du métro, elle disait :

– Je suis mariée, j'attends un bébé.

Ils insistaient, elle s'acharnait, ajoutait une jambe à tel détail boiteux, astiquait. Elle avait fini par sculpter son sexe en marbre.

Mais les années se succédaient, Ousmane ne venait pas. Quand elle croisait un Noir dans la rue et qu'elle n'en pouvait plus d'attendre ce qui sans cesse se dérobait, elle s'arrêtait, l'invitait au café. Il acceptait. Entre deux bières, elle lui demandait s'il connaissait Ousmane. Certains secouaient la tête, d'autres demandaient des précisions, elle les donnait, ils lui indiquaient le cousin Tartempion, elle y allait, frottait le regard pour réinventer le feu de l'amour. La flamme ne jaillissait pas, elle disait :

– Je me suis trompée d'heure ! et continuait sa quête solitaire.

Puis, un jour, elle se réveilla avec la sensation que cessait l'instant des déambulations orphelines. Elle décida d'aller rejoindre Ousmane. Elle fit sa demande de mutation auprès du ministère.

Un poste lui fut attribué dans cette ancienne colonie française.

Les premiers mois de sa nomination dans ce petit lycée de la côte ouest d'Iningué, elle les consacra à la recherche d'Ousmane. Entre ciel et poussière, elle allait les après-midi pleins, sous les baobabs, sur les marchés, donnait le signalement de son homme. Personne ne correspondait, personne ne devait correspondre. De guerre lasse, elle consulta médiums et voyants. Ils lui parlèrent du vol souverain de l'homme dans l'espace, de la pérennité de leur amour, du ciel qui bientôt les réunirait. Même les dieux invoqués ne purent accoucher de son homme.

La quête d'Ousmane l'avait quelque peu essoufflée, avait tracé de nouvelles rides sur son front, au dos de ses mains. Mais Anna-Claude restait belle des rêves qui la portaient et elle surmontait son désespoir. Les après-midi libres, elle les consacrait aux femmes indigènes qu'elle recevait. Elle s'asseyait à même le sol, toujours vêtue de la même robe verte défraîchie sous les aisselles, elle écoutait leurs problèmes, leurs joies, leurs amours. Elle les écoutait et apprenait leur langue qu'elle s'amusait à décortiquer, trouvant aux sons les plus communs une résonance mystique. Puis avaient éclaté les manifestations. Plusieurs de ses étudiants disparurent. Anna-Claude ne comprenait pas, elle interrogeait, certains haussaient les épaules, d'autres se confinaient dans des mimiques d'ignorance, tous se rejoignaient dans la peur. Pendant plusieurs jours elle marcha, sans se retourner, tête baissée, mains croisées dans le dos, scrutant le sol pour trouver la lueur. Elle comprit que l'éclaircissement ne pouvait venir que d'elle, de son désir de débroussailler le doute. Elle revint sur ses pas, s'enferma. Durant deux jours et trois nuits, elle pleura, se lamenta de tant d'amour gâché. Personne ne l'écoutait, personne ne l'entendait

Puisque les mots n'avaient plus d'écho, elle décida d'écrire. Elle acheta une pancarte sur laquelle elle inscrivit : « OÙ SONT NOS ENFANTS ? ÉGORGÉS PAR UN BOUCHER ! » Tout le jour, elle se promena, la pancarte suspendue à son cou. Des hommes la regardaient, la lisaient, pressaient des pas rescapés. Des volets se fermaient sur son passage, dressaient dans la ville des rideaux de silence. Seuls quelques babengués crasseux, profitant de l'aplomb de qui sait que ses mots n'ont aucune portée, la suivaient en scandant : « Elle est folle, elle est folle ! » Anna-Claude fut arrêtée et jetée en prison.

– Élément subversif et incontrôlable, dit le commissaire.

Puis l'inconnue silencieuse l'avait rejointe. D'où venait-elle ? Quel crime ? Ces questions, Anna-Claude les avait posées de mille manières. Toujours elle s'était trouvée face aux portes closes de la pensée, au mur de silence derrière lequel se retranchait la jeune fille. Anna-Claude s'énervait, parlait et désespérait d'autant plus qu'elle savait que désormais seuls les mots pouvaient la nourrir. Des mètres de phrases l'enrobaient, se drapaient sur sa captivité. Ils perdaient leurs sens premiers, formaient des tas de coton moelleux pour adoucir la mort des étoiles.

– Je ne sais pas pourquoi je continue à te parler, dit Anna-Claude. Tu pues la mort et tu refuses de me léguer ton histoire. Quel monstre es-tu donc ? Je tourne en rond. Comme la terre. Comme elle, je deviens folle. Que veux-tu que je fasse, hein, dis ? Crier au secours ? Qu'as-tu de plus à rester scellée à l'intérieur de toi ? Tu vas mourir. Je le sens, je le sais. Donne-moi ton histoire. Je suis ta délivrance. Il faut assassiner ce silence que tu traînes comme une peau morte. Il t'empêcherait de te retourner dans ta tombe. Donne-moi ton histoire. Je l'embellirai pour toi, pour moi. Je la peindrai de toutes les couleurs de l'arc-en-ciel. Donne-moi ton histoire et je répandrai ton rêve.

Dans la cellule maintenant couverte d'ombre, Anna-Claude tournoie, ouverte à l'angoisse. Tantôt aigle, vipère, oie, crabe, elle avance dans les mots. Au nom des rêves irréalisables. Au nom de la langue coupée. Au nom des âmes bafouées. Elle parle, plaide pour la parole. Son discours coule, noie la pièce, guette l'agonie du silence. Flopée de mots à la démesure de son impuissance. Désespoir. Colère. Lacérer chaque enveloppe de souffrance. Tuer le vide du silence. Courbatue de verbe, exténuée par l'attente, elle se laisse tomber sur le sol et ferme les yeux.

C'est à la nuit pleine qu'elle les ouvre, arrachée dans l'abandon du corps par des gémissements. C'est l'inconnue. Anna-Claude se précipite :

– Parle-moi, dis-moi ce que tu as.

– Laisse-moi mourir en paix. Tout ce qu'il y a à savoir est déjà consigné en toi. (Elle se mordille les lèvres puis :) Les mêmes fantômes barbares nous poursuivent.

– Donne-moi des noms, je les communiquerai. Les droits de l'homme, ça existe, tu sais ?

– Qui veut savoir doit chercher et trouver. T'as qu'à chercher.

– Comment veux-tu que j'y arrive ? Je suis étrangère ici, tu l'oublies ?

– Alors, entre en moi. Mon secret s'illuminera. Mais auparavant, il faut que la Blanche en toi meure. Donne-moi la main, désormais tu seras moi. Tu auras dix-sept saisons, tu seras noire, tu t'appelleras Tanga. Viens, Tanga, donne-moi la main, donne.

– J'ai peur.

– Ce mot doit mourir.

– Mais…

– Donne ta main, et mon histoire naîtra dans tes veines. Tu verras comment, dans mon pays, l'enfant naît vieux, puisqu'il ne peut porter en lui le bouquet du printemps. Comment il ne possède que ses bras pour les donner aux champs d'arachides.

Cœur emballé, âme torturée, Anna-Claude lui donne la main. Le silence est si épais qu'elle entend battre l'envol d'un hibou. Elle ferme les yeux, décidée à faire reculer l'effroi, à se laisser captiver. Au-delà du regard clos, des formes brouillées montent, se précisent, dessinent par degré la vie de Tanga, d'abord la fêlure, l'échancrure avant de la déshabiller toute. Et l'histoire de Tanga s'est déversée en elle jusqu'à devenir sa propre histoire.

Avant, j'existais, je rêvais. Je m'affalais sous un manguier durant de larges heures et courais les images. Je n'avais que dix ans mais j'imaginais déjà l'homme surveiller ma fenêtre, créer hasards et coïncidences pour avoir le privilège de marcher à mes côtés. J'attendais, le temps partait. Le rêve ne venait pas. Je commençais à m'ennuyer.

Puis le vieux le père est mort. Et la vieille la mère a eu l'idée de me faire partir par les routes, trouver d'autres rêves. J'arpentais les rues, je sillonnais les marchés. Je n'existais plus seule. Pourtant j'étais seule. Rien que moi. J'amenais mon corps au carrefour des vies. Je le plaçais sous la lumière. Un homme m'abordait. Je souriais. Je suivais. Je défaisais mes vêtements. Je portais mon corps sur le lit, sous ses muscles. Il s'ébrouait. D'autres images m'assaillaient. Je voyais l'homme rentrant chez lui au seuil du jour. Soudain, au pied de sa maison, il perdait son cheminement. Moment de trouble. Flux d'images contradictoires. Fesses publiques – seins maternels. Chambre sordide – couches familiales. Mélange visqueux récusé par la tradition mais qui suinte par tous les pores de la ville. Et je voyais l'homme, encore gavé de moi, s'entortiller dans le mensonge pour que subsiste le mystère de l'épouse-maman qui, incorruptible, mettait entre son mari et moi le gâteau d'anniversaire. J'arrêtais les images, la réalité venait, l'homme continuait à s'ébrouer. Je ne sentais rien, je n'éprouvais rien. Mon corps à mon insu s'était peu à peu transformé en chair de pierre.

L'histoire de l'homme, celui qui m'a conduite à la mort, je m'en souviens. Jour banal, éternel recommencement, car il faut toujours recommencer, encore recommencer. Ce jour-là, je l'ai vu. L'homme, Hassan. Il y a le soleil, le gris, je ne me souviens pas. Un de ces jours mal définis où ne se perçoivent pas les battements secrets de la ville. Je tourne sur moi, en rond. Comme quand j'accompagnais le vieux le père dans les réunions familiales. Avant de quitter la maison, toujours il me prenait par les épaules, toujours il me disait :

– N'oublie pas, un enfant doit garder les yeux baissés.

Il me restait les jambes.

Je le suivais sous l'arbre à palabres, je m'asseyais dans un coin, sur un banc. Les adultes évoquaient le temps du village, parlaient du poulet borgne de la cousine Bida, volé par le neveu du beau-frère du mari de la cousine, maudissaient ceux qui malmenaient les traditions sans préciser leur châtiment. Ils préféraient laisser aux dieux éculés, sourds et paralytiques, le soin de déterminer la torture. Ils crachotaient. Je ne bâillais pas. Je décortiquais les jambes, rien que les jambes. Molles. Flasques. Herbues. Toutes révélaient vices et maladies honteuses.

Ce jour de la rencontre avec Hassan, l'ennui est assis à mes côtés. Il me prend par la main, il me conduit à une tournée de magasins. Je veux satisfaire l'une de mes passions : contempler des jambes, toujours regarder les jambes. Le vieux mon père l'a dit, le vieux mon père l'a ordonné. « Un enfant doit garder les yeux baissés. » Et j'ai toujours tout regardé. Aussi bien l'affiche publicitaire représentant la jeune femme en minijupe, jambes croisées, cigarette au sourire, que la vieille dame aux chevilles desséchées qui patauge, pieds cornés, dans les vomissures du marché. Je regarde, je suis forte, je suis la puissance, je peux, à l'insu de tout le monde, traquer une jambe, une cheville, un pied. Je les débusque, guidée par l'admiration ou par la pitié, surtout par la pitié. Elles sont ma propriété, je les habille d'un linceul, je les retire du monde, j'amorce avec elles le geste du recul vers soi, vers les ténèbres. Ma vue se brouille, ma gorge devient un nœud de sanglots, j'inaugure la cérémonie de chaque journée morte.

Ce jour-là, je me suis ruée à la poursuite de ma passion, ces brochettes nerveuses qui arpentent les rues, se meuvent, s'entrelacent, décollent à l'injonction d'inaudibles désirs. Peu m'importe qu'elles soient longues, osseuses, courtes, grasses. Elles sont là, je suis autre, je peux les voir, les comparer, les détruire. Elles sont là, mon destin en fuite a soudain un sens. Avec des trucages dans mes calculs, je me retrouve dans le bilan de ma vie.

J'ai fait la connaissance de Hassan par ses jambes. Je les vois encore, gantées dans un pantalon gris fripé à l'endroit du sexe et du ventre. Des chaussures noires. Des chaussettes jaunes. Je tourne l'œil. Elles attrapent mes yeux, les ficellent pour m'obliger à les regarder, à ne regarder qu'elles désormais. Plus tard, des jours durant, pour conjurer le sort, j'ai voulu oublier, assassiner le désir. Et, assise devant un verre de Coca, la tête entre les mains, je répétais : « Il ne te cherche que pour te tuer ou t'exploiter. » J'ai scruté le lieu de sa séduction, j'ai creusé la terre pour la tuer par la racine. Elle me broyait. J'ai convié ses reflets à assister aux noces des doutes. J'ai trouvé, enroulée dans mon cœur, l'image des jambes.

Les jambes de Hassan. Je les vois défiler devant moi. Elles s'avancent, droites dans mon axe, pondent l'œuf du désir dans mon corps. Je sais, quoique l'idée me rebute, je sais que ces jambes, longues, crispées dans la démarche, détestent les femmes incapables de lever les râles du plaisir et méprisent les autres. Mais ces jambes-là, collées à nos cuisses, font les meilleurs amants. Elles nous rendent folles de tendresse puis elles nous abandonnent à l'aube, mortes à tout désir.

– Combien ?

Je lève les yeux. J'ai devant moi l'arrogance. Je la classe, je la parque, comme la vieille ma mère, comme, avant elle, la mère de la vieille ma mère. Toujours elles disent, toujours elles ont dit : « Le désordre est fils de l'erreur. » Alors, j'étiquette, je range dans les tiroirs des normes permises et des sens interdits. J'ai dans les prunelles l'arrogance de l'homme qui a touché de nombreuses femmes. Son portefeuille est lourd. Ses sourcils arc-boutés entonnent l'hymne à l'avarice. Ses doigts sont fins et longs. Ses yeux doivent s'installer sur les mains à longueur de temps et les plaindre bien avant l'embauche. Cheveux noirs gominés. Front haut piqué de trous. La variole sans doute. Je décèle un sourire. Fuyant. Lourd. Je comprends que cette rencontre va me bousculer.

Traînasser son ennui est toujours une bonne chose, cela nous amène à agir, même si tout acte est vain, par exemple apporter son ventre au ballet des corps. Oui, traîner est utile même si l'on devient l'ombre d'un corps soumis aux vices aimables, parce qu'il arrive au moins qu'on finisse par servir à quelque chose, alors qu'on n'aurait jamais servi si l'on avait commencé par penser que traînasser est inutile.

Dans la cellule éclairée par une bougie, les mots se tarissent soudain. Le temps s'étire : mouvement d'impatience d'Anna-Claude. La mourante ouvre des yeux de colère.

– Tu penses que je triche avec mon histoire, qu'une fois éliminées les sensations physiques, les odeurs, je l'enveloppe dans un papier cristal pour l'embellir. Ne nie pas. Ta main est devenue froide. Elle ne communique plus la chaleur.

– Ne te fâche pas. Je t'écoute, je te crois.

– Ne doute plus.

– Promis.

Anna-Claude serre très fort la main de la mourante. La sueur perle à son front, trace des sillons sur ses joues et sur son nez. Elle attend, bouche et narines pincées, sourde aux cris et aux rires des kakis, elle attend la lueur qui éclairera les pénombres de l'âme. Chuintements. Tintements. Hurlements. Rien ne la distrait. Elle est là, jambes croisées, tête en avant, l'attention aiguisée, prête à se jouer du temps, à le recréer pour ne pas s'épouvanter de l'approche de la mort. Elle veut percer le mystère de Tanga, celle dont elle ignorait l'existence, qu'elle voudrait faire revivre pour éclairer les ombres de la vie, pour sonder les profondeurs de son être. Dans le silence lourd où elle a décidé de s'enfermer, les mots se sont à nouveau ébranlés dans son corps.

Au « Combien ? » lancé négligemment par Hassan, je sens cuire mes joues. La honte me prend le cœur. Elle monte de la gorge, me noue la tête. Jusqu'ici, je n'ai eu qu'une honte, la vieille ma mère. Cette honte est mon souffle non viable. Elle me persécute, me pourchasse, depuis le jour où la vieille ma mère m'a allongée sous le bananier pour que je m'accomplisse sous le geste de l'arracheuse de clitoris. Je la vois encore, la vieille ma mère, éclatante dans son kaba immaculé, un fichu noir dans les cheveux, criant à tous les dieux :

– Elle est devenue femme, elle est devenue femme. Avec ça, ajoute-t-elle en tapotant ses fesses, elle gardera tous les hommes.

Je n'ai pas pleuré. Je n'ai rien dit. J'héritais du sang entre mes jambes. D'un trou entre les cuisses. Seule me restait la loi de l'oubli. Le temps passait, je m'habituais à cette partie de moi qui s'était absentée. Je kidnappais la horde des souvenirs. Je les ficelais. Je les enfonçais dans les tiroirs du temps. Et voilà qu'elle remontait soudain devant Hassan, ouvrait ses tiroirs où se nichaient des montres, des millions de montres qui marquaient chacune les différentes étapes de mon existence.

Hassan est planté devant moi. Il attend, sûr de me soumettre à son désir. Le seul mot qu'il a prononcé suffit à me marquer, à décortiquer toutes les étreintes amoureuses où j'offre le corps pour nourrir la famille. Je refuse l'habit qu'il veut me faire endosser. J'étouffe dans cette étoffe taillée dans le toujours par l'écho, une étoffe portée au bilan par le comptable aveugle du monde, acharné à tout répertorier. Son tissu est trop ajusté à mon corps. Il me faut plus d'ampleur. Je veux être autre, moi la femme allaitée dans la force et le caractère, je veux me réveiller dans une peau vierge et propre. Je veux exhorter mes démons à couper leur queue, à baisser leurs cornes, pour que mes anges déploient leurs ailes. Sur la toile de fond de ce qui arrive, je veux peindre l'instant, moi qui n'ai aucun droit, moi l'obéissance. Je veux me propulser dans l'extraordinaire : être comme tout le monde. Ailleurs, les rues ne sont-elles pas riches des soupirs d'amoureux, des grains de leurs rires ? Je veux ouvrir mon corps. Je veux que s'y déversent tous les possibles de l'amour. Soleil ! Arbres ! Palmiers ! Où sont passées les potions que concoctaient les grand-mères pour que survive l'amour en dépit des morales défaillantes ? J'allume les torches de ma mémoire. Elles éclairent le vide, rien que le vide. Il ne me reste que le mensonge pour faire naître l'amour. Je passe en revue ses possibilités. Un désir de perfection, d'ordre. J'arrête le temps, je suspends l'échelle de l'imagination, je grimpe, je change mon cadran, voile mon passé. Ma voix monte, se fragmente. J'écartèle le mot, je prends le maximum d'élasticité. Je veux dire le renouveau dans ce fatras où s'éveille le rêve. Il me faut sauver les fondations précaires de ma raison. Je me plante devant lui, les mains sur les hanches :

– Je ne suis pas une pute.

Surpris, il demeure le verbe court. Je me précipite vers la sortie, la rue qui me porte vers moi-même. C'est l'heure où débute la nuit trépidante, folle. Nuit des tropiques. Rapide. Nette. Trouée de lampes à pétrole et d'éclairages au gaz. Déjà, les chairs à plaisir, lèvres barbouillées, tailles sanglées de pagnes ou de cuir, se parquent sur leur bout de trottoir. Non loin d'elles, des hommes tourbillonnent. Certains mangent des soyas en commentant les culs autour des feux de bois.

D'autres passent. La rue vomit son flot de voitures. Coups de klaxon. Freins.

Hassan me suit. Je me retourne pour m'en assurer. Je m'approche de lui en m'éloignant. Quelque chose de neuf m'habite. Je ne connais pas son identité. Jusqu'ici moi la femme-fillette, je n'ai eu qu'un amour : la haine. Une haine aveugle et féroce qui s'acharne à me détruire avec l'élan propre aux sentiments qui ne connaissent que la sollicitude d'un seul être. Impossible de les partager. Comment expliquer aux autres que je me hais ? Certains matins, après une nuit passée à négocier avec la nuit pour que gagne le sommeil, entortillée dans un pagne défraîchi, je prétexte une migraine. Je m'enferme dans la salle d'eau. J'attrape un miroir. Je regarde. Je me regarde jusqu'à me brouiller la vue. Le nez plat. La bouche lourde. Les seins maigres. Je m'asperge d'eau, de bassines d'eau pour retrouver les vertus de l'abysse natal. Rien ne change, rien ne doit bouger. Je suis née d'une déchéance.

Et voilà que ce soir mon cœur se déplace, Hassan me suit. Je m'arrête devant un kiosque à peine plus grand qu'une guérite, éclairé par une bougie. Je feuillette quelques journaux vieux de plusieurs jours. Dans mon pays, la montre s'est arrêtée là où commence la culture… Je les regarde sans les voir, sans les sentir, soûle de la nécessité de vivre ailleurs, de rêver d'ailleurs. Le monde est un théâtre. Je lève les rideaux poussiéreux de ma vie. Je deviens la jeune femme indépendante, intellectuelle, excédée par le relâchement littéraire des journalistes. Être une intello, c'est avoir la mine désabusée. De l'ordre, encore de l'ordre, car il faut se déplacer sans rien oublier de soi. Et moi, moi la femme-fillette, je me fabrique un léger strabisme pour m'assurer que Hassan est spectateur. Il se porte à mes côtés, m'encombre pour me rendre insupportable le retour à la réalité. Il dit que la « femme-plume », aux pagnes faciles à retrousser, a volé la gloire à la Femme. Il dit que ma beauté mange ses mots, car la parole qui monte des zones claires de sa pensée est troublée par l'imprécision et par les effluves de mon corps qui déjà caressent sa peau. Je m'indigne, j'abhorre ce mélange d'agressivité et d'indifférence que confère le droit absolu. Mais je me réjouis : il m'a donné à savoir que quelque chose de beau, d'achevé, vient d'exister en moi. Si je ne suis pas l'épouse, si je viens de plus loin qu'elle, j'arrive à l'égaler.

Car j'existe là aux yeux de l'homme, juchée sur son désir. Bien avant le son, je sais qu'il dira :

« *J'étais installé dans l'éphémère. Soudain, tu es là et j'entends le froissement du papier, le vol de l'abeille, le bruissement des étoiles.* »

J'attends, ces mots ne viennent pas. Quelques minutes de silence palpable. Mon regard l'interroge, il ouvre la bouche, il ne nomme pas l'amour mais annonce le privilège d'un verre de connaissance. J'accepte.

Nous nous sommes installés dans le café chic de la ville. Ambiance feutrée. Moquette. Fauteuils club. Au comptoir, des nangas, aseptisées à l'ambi, puantes dans leurs pagnes. Braqués sur elles, des yeux d'hommes, vulgaires comme des braguettes de jeans. Silence parlant. Entente secrète entre les corps. Un serveur passe. Hassan commande deux Coca que nous sirotons.

– Qu'avez-vous ? Vous ne parlez pas, dis-je soudain à Hassan.

– Je réfléchis.

– À quoi ?

– Au sexe, à la manière de vous aimer.

– Mon sexe est enseveli sous un bananier depuis huit ans.

– J'irai le déterrer. Je le polirai, j'enlèverai les ans. Il acquerra l'éclat de sa première aube.

– Vous dites tous la même chose.

Le temps d'égrener ces mots, Hassan se cabre. Je ris pour dégeler l'ambiance. Des regards convergent sur moi. Mon rire se casse. J'enfonce ma tronche dans mon verre. Il comprend ma gêne, ses yeux se font langoureux, il chantonne :

– L'amour est bleu.

Il danse de la tête, allume un cigare, fume, toussote avant de monopoliser les mots, il ne parle pas d'amour, il plaide le plaisir distillé par son sexe. Il dit :

– Je te ferai renaître sous mes muscles.

Il me parle de lui, de ses ambitions, de ses échecs, des croyances qu'il fuit mais qui le pourchassent.

– Hier matin j'ai trouvé un oiseau mort sur mon bureau... Et tel autre matin un linceul... Et tel autre un collègue a essayé de m'ensorceler en me dérobant mon mouchoir.

Hassan. Il était de cette Afrique qui se mariait sans se marier, qui divorçait sans divorcer, cette Afrique domino, le cul entre deux chaises, qui revendiquait la négritude d'un côté et pourchassait les frigos et les gazinières de l'autre. Il avait laissé pousser ses cheveux en rasta, puis il les avait trouvés trop longs, trop crottes de singe. Il les avait décrêpés. Pour la solidarité africaine, il invitait des gens au comptoir, des pauvres, des babengués, il offrait la tournée, il plaisait, on le remerciait, l'émotion le traversait. Grisé par son succès, il gonflait, gonflait dans son bureau des PTT où, entouré de plusieurs cendriers, il recevait, promettait des boulots. Il disait :

– Tu auras ton job, mais avant, il faut arroser.

Il tendait la main pour le billet, les gens fouillaient dans leurs poches, le boulot ne venait pas, pourtant eux continuaient à venir, par files, traînants, dégoulinants, l'espoir au bout des fesses. Ils déversaient la quantité de mots que Hassan avait soin de répartir à part égale entre tous. Ils parlaient, à l'envers ou à l'endroit, Hassan écoutait les vibrations des mots, il ne comprenait pas leur sens, il ne cherchait pas à comprendre, il saisissait des états, des faits, il soupirait, levait les bras au ciel devant telle situation qu'il jugeait injuste et il disait qu'il ne tarderait pas à la recréer au modèle des dieux, de ce qui semble la raison nue, de ce qui a l'assentiment des esprits, eux continuaient de parler, de soumettre, ne retrouvant leur respiration qu'après avoir refermé doucement la porte derrière eux. Alors, il mettait son climatiseur à fond pour chasser leur odeur de vieille crasse et allumait un cigare.

Hassan. Il était sincère dans sa démarche et cette sincérité tenait tout entière dans son impossibilité à se concrétiser. Il parlait de partir, de partir en empruntant des chemins peu fréquentés, partir en enterrant femmes et enfants sous la pierre de l'oubli. Il disait que cette rupture lui apporterait la pluie neuve qui arroserait d'autres amours, d'autres mouvements très jeunes, très beaux.

Ce jour-là, il me parle et comme il énonce en post-scriptum son idéal, son phantasme, aveugle à tout ce qui n'est pas lui-même, à tout ce qui, en pointillé, se tient déjà entre nous, le désir me prend de parler.

J'aurais aimé lui dire : je n'ai plus envie de partir nulle part, au hasard, trop de vide résonne encore sous mes pas. J'aurais aimé lui dire : Je veux troquer mes rêves, j'ai envie d'une maison aux fenêtres bleues, d'un lit, de la même voix d'homme qui me réveillerait chaque matin. J'aurais aimé raconter le balcon, quelqu'un, toujours le même, en peignoir, en robe de chambre, en chaussons. J'aurais aimé dire le café, des cris d'enfants, le chien, la pie au bout du pré. J'aurais aimé. J'aurais aimé.

Mais les mots engagent. Les mots cristallisent. Et moi, je suis une femme-fillette du départ. Une histoire qui passe dans une vie, dans toutes les vies. Pas de rêves, ni de mémoire, ni de maladies. Une cuisse, des seins, des fesses. Un amas de chair déversé par les dieux pour annoncer la venue de la femme, une boursouflure de chair qui ne se nommera pas.

Je ne dis rien. Je regarde l'homme, la masse des mots pressés entre ses lèvres. Je regarde et j'imagine ses rides dans dix ans, ses cheveux blancs, ses rythmes que je ne pourrai contrôler, ses folies, ses éblouissements. Pour moi, le futur est dans l'ici et maintenant. Pas question de rester en arrière ! Il me faut avancer, coûte que coûte, sinon l'histoire n'est plus. À chaque minute, à chaque seconde, à chaque heure qui se dévide et s'égoutte, je dois garder cela en tête : être présente, répondre présente, droite sous les soleils et les pluies, pour donner son souffle à l'histoire. Déjà, Hassan se lève, paye l'addition et me tend la main en souriant.

Tout se déroule comme d'habitude avec les autres, les hommes. Il m'entraîne dans une de ces chambres sordides qui ont la particularité de toutes se ressembler. Des murs sales. Posters. Journaux. Une table basse. Un robinet qui fuit.

Sans un mot, j'enlève mes oripeaux. Il s'approche de moi, l'inspection aux yeux. La honte m'habille, je voile mes seins de mes mains qu'il ôte en souriant.

– J'ai de l'amour sous les paumes, dit-il.

Je ne réponds pas, je regarde le mur, rien que le mur, afin d'en prendre la dureté. Il comprend mon immobilité, la contourne tel un obstacle, prend le sillon des mots pour me débarrasser des herbes folles de l'angoisse.

– J'aime tout voir, dit-il.

Il enfonce une main dans sa poche, en sort un foulard, jette l'inquiétude dans mes sens en me bandant les yeux. Dénudée jusqu'à l'âme, j'attends, soumise à ses désirs. Sa voix s'élève, tantôt à l'oreille gauche, tantôt à l'oreille droite, et je comprends qu'il fait la ronde autour de moi comme les enfants autour de l'arbre de Noël. Il dit :

– Oui, tu es femme, tu es grande, fine malgré ton gros cul. Je t'adore.

Je me tais.

Il dit :

– Tes yeux sont verts, tes seins lourds, tes cheveux coulent jusque sur tes fesses. Ça m'excite.

Je me tais. Mais je sais, moi la femme-fillette soumise aux rites de l'enfant-parent de ses parents puisqu'il convient de commercer la chair pour les nourrir, toujours les nourrir à cause du souffle de vie qu'ils m'ont donné, je sais que je suis petite et maigre, que mes cheveux crépus sont courts. Mais les mots de Hassan m'emportent. Derrière mon bandeau, je ferme encore les yeux, creusant l'abîme où serait enterré hier, où seraient enterrées les vérités d'un peuple englué dans l'exploitation de l'enfant, tandis que le reste de l'humanité s'élance, radieux, sur le chemin de l'enfant-roi. Je rêve d'un décor gigantesque où le geste crée, où les caresses font naître la sensualité. Je veux retrouver la femme à défaut de l'enfant.

Hassan me prend dans ses bras. Pas à pas, sans me lâcher, il me pousse vers le lit. Il s'écroule sur mon ventre. Il exige :

– Embrasse-moi.

Ses lèvres me soumettent. Il saisit une jambe, puis l'autre, les pose sur ses épaules. Il me pénètre. Ses pas me traversent. L'existence de femme me vient. Je ne la connaissais pas, pourtant je la reconnais. Une mémoire dessinée dans la nuit des temps. Mon corps se déchaîne, cogne, abat murs et cloisons de ma vie. Il m'arrose, je pousse, nouvelle à moi, je me transforme en une énorme vague.

Je sors de l'onde de l'oubli et de l'instant de la femme retrouvée en retirant brutalement mon bandeau : Hassan a ses yeux ficelés dans un foulard. Il ne m'entend pas, concentré tout entier à son plaisir. Je remets mon bandeau.

Est-il donc nécessaire de tomber dans l'eau profonde de l'invisible, de s'y laisser couler pour gagner les cieux habillés de neuf ? Sur ce continent où toute vérité est à moitié vide ou à moitié pleine, de quelle astuce faut-il se parer pour que le plein soleil traverse le corps ? Même le bonheur par procuration a besoin d'un visage. Je dois retrouver le mien et me fixer à jamais dans l'état de femme, pour ne plus être l'enfant-parent de ses parents.

Il est dix heures. Hassan s'habille. D'un pas leste, il se dirige vers la fenêtre, soulève un pan du rideau et scrute la nuit. J'imite son geste, tout en laissant mon corps se reconnaître. Je lui dis sur un ton de nerfs malmenés :

– Je pars.

Il propose de me raccompagner. Je refuse. Il insiste. Je m'amarre à mon refus. Il pense qu'il y a peut-être le père ou la mère tracassés par les apparences. Je ne le détrompe pas. Comment lui dire que dans mon monde, la mère et le père acceptent qu'il m'assiège et me boursoufle pourvu qu'il y ait le gain ? Comment lui dire l'entaille sanglante de l'enfance mutilée ? Les yeux tournés dans le noir, je me dis que nous sommes deux grains de sable que porte la main du vent. J'aurais pu être blonde, brune ou rousse. Qu'importe. Dans dix ans, il sera peut-être là encore avec une femme-fillette oubliée de ce monde, ce monde qui s'entretient dans la conviction de l'enfance libre d'Afrique, de la savane nourricière, et lui, il sera là avec cette femme-fillette, vivante par le souffle, morte depuis la naissance des étoiles.

Les larmes me montent aux yeux. J'ai envie de pleurer sur rien et je comprends soudain que, jusqu'ici, je suis entrée dans des histoires qui se ressemblent, des histoires qui se chevauchent et ne laissent aucune trace d'amertume mais qu'aujourd'hui je veux les épisodes suivants, ceux qui libéreront la femme et enterreront à jamais l'enfance morte. Comme les autres, ceux des pays lointains, je veux enjamber le malheur, m'embarquer dans le train du devenir.

Nous nous sommes séparés au coin d'une rue, un baiser sur la joue et la promesse de se voir demain. Je suis soudain riche, habitée de l'avenir. J'ai réussi. Désormais, je verrai venir le bonheur. Comme le vent, il soufflera dans tous les lieux et endroits de ma vie. Aujourd'hui. Demain. Après-demain. Aimer. Posséder. Toujours la vieille ma mère m'a dit :

– Tu as des mains en passoire, ma fille. Les hommes te filent entre les doigts comme des grains de sable.

Aujourd'hui, je suis femme. Mes mailles se resserrent. Je boucherai mes trous, tous mes trous sans erreur aucune, je transformerai mes mensonges en vérité. Il suffit de les codifier avec précision, de les ciseler. Ainsi, l'homme a construit son monde, fabriqué son histoire. Désormais, je saurai que faire de ma géographie. L'homme me reconnaîtra à peine nommée, j'irai vers lui, je me hisserai sur un escabeau pour inscrire mon âme dans son désir. Ensuite, je pivoterai sur moi-même, je prendrai le spectacle de mes dépouilles passées, je glisserai vers elles, je soulèverai leur pagne, je frotterai leur clitoris, j'incendierai le plaisir, j'effacerai de ma vie le vol de l'oiseau noir, je lancerai mes jambes vers la frontière, alors seulement, j'accéderai aux zones confisquées du bonheur.

En marchant vers la maison, je croise des femmes-fillettes qui avancent à découvert sur leur corps offert. Elles sont femmes ou enfants, définies par l'humeur ou le profit, sœurs d'une même destinée, d'un même désespoir, une odeur mêlée de femmes-fillettes qui traversent la vie sans laisser d'autres traces que les vibrations éphémères d'un papillon. Respirent-elles seulement ? Voient-elles la mort grimper le long du corps, le nouer avant de l'abandonner raide et froid entre les mains de quelque pourvoyeur de sang ? Il suffit d'enlever leurs pagnes pour que surgissent les sexes avec leur cohue d'espoirs déguisés qui, d'heure en heure, perdent leur couleur, se transforment en charnier.

L'espoir de l'espoir de l'espoir ! Ne plus être elles. Refuser la ressemblance. Labourer les chemins du possible, de tous les possibles. Désormais, je m'armerai contre le malheur, j'arrangerai mon histoire, je lui donnerai le souffle des fables amoureuses, j'assassinerai mes monstres et les offrirai en sacrifice aux puissances célestes. Pour me dérober aux réalités, aux miasmes inhalés chez la vieille ma mère, j'entrerai dans le marigot de l'oubli après m'être débarrassée de mes pagnes. J'y resterai sept jours et sept nuits. Puis, j'émergerai vierge de ces eaux purificatrices et glisserai lentement dans l'amnésie de la femme normale. Qui est-elle ? Serait-elle vêtue de l'amour d'un homme qui travaillerait dans la journée et reviendrait vers elle, le soir, tandis qu'elle, plus femme que jamais, poserait sur une nappe damassée de gros plats odorants ? Ces mouvements du cerveau, sans liaison avec la joie qui me peuple, m'agacent.

J'en détourne la tête, je ne veux pas adhérer à la réalité, je veux m'en dispenser, ne serait-ce que dans l'immédiat.

Je m'efforce de me décrire un ciel à moi femme-fillette privée de soleil, damnée des hommes, je me reconduis dans l'idée que, dorénavant, je vivrai « quelque chose que personne ne pourra m'enlever ». Et je continue ma route, unique, droite. Sous mes yeux, les images d'un monde à venir, une ville meublée de mes propres inventions. Car, désormais, j'aurai peu à voir avec ces hommes qui déambulent dans les rues, l'agitation à fleur de sexe, mélangés, vibrant de la même allure, pénétrés par la même chaleur. Même sauce gombo. Moi je suis ailleurs, en plein centre de moi.

J'arrive devant la cabane que j'habite avec la vieille ma mère et ma sœur. Sous la lune pleine, ses murs de tôle luisent comme l'enclume qui fracasse le bloc de fer. Dix fois elle a été détruite, dix fois la vieille la mère l'a reconstruite avec les mains, toutes les mains volontaires du quartier. À chaque fois, lors du passage de quelques personnalités, ils nous rasent, nous emballent, nous parquent. « Il faut garder la ville propre », clament-ils. Et chaque fois, nous reconstruisons, la patience du pauvre aux doigts et le cœur ouvert sur l'espoir de nous faire oublier. Peut-être qu'au centième tour leurs regards s'ouvriront et prendront le spectacle de notre désolation ? Alors, ils s'apercevront que nous sommes la honte que jour après jour ils avaient tissée sous les sommités de l'égoïsme, leurs toiles se retréciront, nous grossirons, nous envahirons l'air et l'espace, ils secoueront leurs vestes pour traquer la bête, ils nous verront, nous les puces de leurs vestes de soie, ils nous verront déposer nos crottes pestilentielles au seuil de leur demeure.

Dans la cellule, l'air est oppressant. Des patrouilles de moustiques volettent, explosent en bouquet de sang sur une joue, une jambe, un bras. Anna-Claude s'agite. Un mot, un autre mot encore, soufflé par le corps de Tanga dans sa chair à elle. Elle se découvre noire, au détour d'un sentier, d'une souffrance, d'une mort issue des croyances sclérosées.

– Pourquoi t'interroges-tu ? dit soudain Tanga. Tu refuses de croire que je t'habite, pourtant, je suis en toi.

– Je ne nie rien. Tu me parles sans ouvrir la bouche, je le vois bien. Mais je ne comprends pas.

– Il faut croire avec cette foi d'évidence qui est la vérité nue, la sagesse.

– Personne ne me croira.

– Dix fois, tu raconteras mon histoire et personne ne te croira. Tu persisteras, la onzième fois sera la bonne. Mon histoire sera le pain à pétrir pour survivre. Laisse-moi la libérer pour construire le futur.

Anna-Claude se tait, croise les jambes. Elle est bien loin de ces discours d'intello où se croisent et se froissent des termes en *isme,* tous ces termes en hachoir qui divisent les hommes, les éloignent de la vie : « Il faut rester fidèle à ses convictions », crachotent-ils sous leur drapeau en guenilles, les yeux torves, haineux, le Frigidaire bourré de viandes et de friandises. Ailleurs, la terre, elle, se dessèche, inexorablement.

Anna-Claude se concentre. Elle veut extraire tout le bonheur possible de ces faits gorgés de hargne. Elle veut que vive la vie jusqu'au bout, même si, au bout, il y a la faim, la soif, et qu'elle doive se boucher le nez car la vie aura enfin une odeur : celle de la mort. De nouveau, les mots sont venus nourrir la nuit.

La vieille la mère m'attend, assise sur une natte, des billets de banque fichés entre ses doigts qui se ramassent et se tordent depuis plusieurs mois. Son boubou gris est usé à l'endroit des aisselles et de ses seins écroulés. Sa tignasse crépue, blanchâtre par endroits, est ramassée en deux tresses sur son crâne. Les coins de ses lèvres affaissées par les défaites soulignent son destin de femme surgie du néant allant vers le vide. Seul l'argent la protège de la décrépitude et repousse la mort. Et toujours, la vieille la mère est à l'avance sur l'argent, son port. Elle le compte, elle le décompte, et alors dans ses yeux le soleil se lève, elle devient un enfant gavé de bonbons, un sexe d'homme enfoui dans la vase moite de la femme. Les émotions s'accumulent. Le plaisir grimpe. Et, toujours, elle s'accroche à l'argent, sa bouée de sauvetage ; elle est en avance sur lui pour qu'il ne la prenne pas de vitesse. Elle n'est pas poussée par la cupidité, la vieille la mère. Non. Il n'y a que le désir forcené d'arrêter les bourrasques du malheur. Elle ne veut pas être comme mama Médé qui, rongée par le manque de sous, avait terminé la bouche ouverte dans sa cabane, pourrie de partout, aussi puante qu'un chien crevé. Elle ne veut pas s'achever comme la dame Dongué, la sorcière qu'on avait retrouvée nez dans la boue, sans entrailles, sans cœur, déchiquetée par le megang qu'elle pratiquait pour amasser, toujours amasser. La vieille la mère, elle, voulait contourner le destin.

La vieille ma mère. Elle était née d'un miracle. Sa mère, Kadjaba Dongo, était une princesse Essoko qui se levait aux aurores, l'esprit court, les seins aigus. Elle tendait la bouche, laissait partir des rires soupirés qui entraînaient des dizaines d'hommes dans le sillage de ses pagnes. Elle offrait la croupe pour le baiser et le retirait avant la courbe du geste. Ils se plaignaient, elle riait, disait qu'elle donnerait son corps aux caresses de l'homme qui commettrait l'inconnaissable. Ils s'énervaient, ils rêvaient de s'effondrer dans son adoration, elle soulevait l'incontournable obstacle de l'extraordinaire, ils blasphémaient, elle continuait à libérer ses exigences, leur fureur grimpait, atteignait son comble. Un jour, ils décidèrent que le temps était venu de la perdre, de l'ensevelir sous des braises éteintes. Ils concoctèrent des stratégies qui les ramenaient à ses pieds, seuls ou par bandes, verbeux ou silencieux, les yeux couchés ou levés, ils demandaient le geste à pétrir pour ouvrir le corps. Ils baissaient leurs culottes, certains offraient leur ventre. Elle baladait une main sous les poils, attrapait un membre dressé tel un harpon, regardait les visages dans les yeux et disait, feignant l'inquiétude :

– Mais il va me voler ma fertilité.

Entre les mains du destin, le temps s'égrenait. La stratégie changea. Un jour, lors de sa cour, Kadjaba s'allongea sur une natte, sous un manguier. Elle dormait ou veillait. Ils vinrent, seuls ou par bandes. Ils parlaient, elle ne répondait pas, elle ne touchait pas. Ils partaient. Puis ce fut le silence. Elle respira profondément, prête à se donner au sommeil quand vint le dernier, voilé tel un homme du désert. Enfin une nouveauté ! Elle ne bougea pas, tétanisée par la curiosité. Il s'approcha d'elle, troussa son pagne, la pénétra, brutal. Kadjaba se cambra sous le choc, se mordit les lèvres, puis :

– Il fait chaud aujourd'hui.

– Oui, approuva le violeur en rabattant ses pagnes.

Elle se dressa pour découvrir le corps qui l'avait possédée, rencontra deux seins, un vagin.

Les jours suivants, elle reprit la même position. Les hommes passaient, un sexe survenait en dernier, chaud, agité de pulsations. Il la prenait, elle sentait les différences de taille, de longueur, elle ne s'interrogeait pas. Il la posséda jusqu'au jour où les bruits les plus étranges la traversèrent :

– Regardez-la, disait-on, elle a avalé une noix de coco !

Fracas ou éclatement ? Peu importait. Boue et immondices s'amoncelaient sur Kadjaba, formaient une colline d'où jaillit son code de conduite future. Dans ce village où le banal servait de souper et la médisance de dessert, Kadjaba réinventa le silence, projetant aux vents la douceur désespérée de ses désirs. Elle ne rit plus.

– Seuls les chiens aboient, dit-elle.

Et pour ne plus entendre, elle cessa de s'allonger yeux au soleil.

Un matin des saisons de pluies, entre deux averses, elle ressentit les premières douleurs. Telle une jeune épousée, elle endossa son plus joli pagne, releva ses tresses et prit le chemin de la bananeraie. Le temps coula. Sueur. Souffrance. La vieille ma mère naquit. Kadjaba coupa le cordon, cracha trois fois par terre pour tuer sa fertilité, jura qu'aucun cri d'enfant jamais plus ne s'élèverait de ses tripes et retourna chez elle, la vieille la mère dans ses bras. Elle la confia à sa mère.

Cette naissance illégitime empoisonna l'instinct maternel de Kadjaba. Elle l'envahit, la déposséda de tout ce qui n'était pas elle jusqu'à la poser en éternelle négation des autres. Elle ne se lava plus, ne porta que des pagnes coupés dans des sacs de farine et des chaussures militaires. Et pour rompre totalement, elle décréta qu'elle était sourde et aveugle.

La vieille la mère, nourrie par sa grand-maman, corrigée par ses tantes sous l'œil malade de Kadjaba, grandit à la manière des vagabonds. Pas de paillasson où coucher ses douleurs. Brebis égarée, absente et coupable de n'avoir su partager le désespoir de sa mère, rongée par le sentiment que cette détresse accouchée par sa naissance demeurerait à jamais hors d'elle. Et elle chantait :

Quand la mère était mer
elle flambait le soir
dans la mousse bleue du ciel
où scintillaient comme mille étoiles
tous les enfants de l'univers

Quand la mère était mer
j'allais par les rues
chanter ses souvenirs
loin des sinistres corbeaux
et partout à la ronde
le bonheur ouvrait ses ailes.

Par rancune envers elle-même, envers ce corps, elle concluait qu'objet maléfique, elle porterait le sien les yeux grands ouverts, pour qu'enfin les peines, les erreurs, les échecs n'encombrent pas son chemin.

À l'aube de ses treize ans, elle partit à travers bois, trouva un palmier qui perdait ses noix. Elle se débarrassa de ses guenilles, ramassa les noix. Elle s'accroupit, écarta ses jambes. Elle enfouit chaque noix dans son sexe. Elle sentait la brûlure, la griffure, elle continuait. Quand elle jugea sa coupe pleine, elle les arracha une à une, elle avait mal, le sang dégoulinait sur ses mains, sur ses doigts, des larmes coulaient, la morve aussi. Elle disait que la douleur était situation pour oublier le plaisir qui s'invente et se construit dans les alcôves. Mission achevée ? Elle se leva, s'essuya avec un bout de son pagne et regagna le village. Dès lors, chaque jour, elle traînait son corps à l'orée des bois, elle attrapait les sauterelles, les épinglait vivantes sur un arbre. Elle saisissait les poussins, les clouait sur une planche et leur ouvrait le ventre. Elle tendait des pièges aux rats, les ébouillantait, elle les regardait se débattre dans la marmite, elle riait, hurlait :

– Voilà l'abri, voilà l'abri que ma mère n'a pas su trouver !

Puis est venu mon père. Elle se dit qu'il était temps de chasser la malédiction, de s'étendre entre deux rochers tel un serpent, de s'y frotter et d'abandonner sa peau. Il fallait changer de registre, chanter d'autres chansons que « Quand la mère était mer ».

Désormais, elle devancerait le malheur, elle l'empoignerait avec ses griffes, avec ses dents, elle le soumettrait sous une botte de paille, l'aspergerait de pétrole et le brûlerait. Elle verrait ses ailes s'envoler en fumée, alors elle vieillirait, enlacée au bonheur.

Souvent, j'ai pensé à cette rencontre qui m'avait enfantée, cette rencontre qui m'avait détruite en même temps qu'elle m'accouchait. Cette rencontre qui plus tard me dira : puisque tu es là, puisque tu es vivante, assieds-toi sur l'éboulis des siècles, nourris-nous de ton corps. Nous ne savons plus, tu sauras pour nous.

Tout ne se déroula pas comme l'avait prévu la vieille. L'œil du malheur s'était sculpté en marbre entre ses cuisses. Elle accoucha de moi. Mon père la trompa.

Au commencement étaient les escapades d'une heure ou deux, dans des circuits aux lits douteux où la puissance de l'argent commandait. Le vieux mon père aimait les femmes. Brunes, blondes, rousses, noires, mais toujours la femme, créature sans âge, bien peignée, desquamée au Vénus de Milo. Il aimait cette odeur de poisson pourri, ces mamelles dégoulinantes, ces ventres qui épousaient des désirs sans prendre, ces ventres flaques d'eaux mortes. Il les aimait pour ce qu'elles renfermaient d'écœurant, ces lieux publics, dépotoirs où se déversaient les déjections humaines. Il s'y vautrait et attendait, la langue pendante, haletant, il attendait le revomissement des ordures dont ses oreilles n'avaient plus eu l'occasion de jouir depuis qu'il avait épousé la vieille ma mère. Il les entendait, le visage défait, le flanc harponné, les yeux fermés sur ces noces unilatérales. Et très vite, les exigences de ses phantasmes se muèrent en obsession. Dorénavant, il fallait plus qu'une escapade chronométrée pour le satisfaire.

Certaines nuits où le sommeil râleur se tient à distance, je vois resurgir les fantômes qui m'entraînent dans leur paralysie. Je me débats. Je hurle. Ils me suivent, me persécutent, me heurtent. J'appelle mon père, j'appelle ma mère. Ils ne m'entendent pas. Je crie plus fort. Des monstres s'agglutinent autour de moi. Deux vautours à la place des yeux. Des cornes à la place des ongles. Ils me pénètrent, ils me lacèrent. Je vois mes tripes dans leurs mains. Ils rient des trous béants de leurs dents absentes. Ils attachent mes boyaux sur des amulettes et les suspendent au cou de mes parents. Je ferme les yeux, je veux qu'ils me laissent tranquille. Je veux enterrer mon amertume sous cette terre boueuse, pour me maintenir dans l'idée que je m'étais faite du mariage. Je veux inventer les trois rêves qui atténuent les souffrances humaines. Je veux exister autrement. Je veux partir par les rues, me poster dans un coin, éventrer un homme. Ils viendront m'arrêter, m'interroger. Ils écouteront ma voix, prendront des notes. Je répondrai, je parlerai des enfants séparés de la vie, enfermés dans la cage de la mort. Je parlerai d'eux qui boivent de grandes tasses de tristesse. Mais qui me croira ? Le monde préfère le silence qui recouvre l'épine.

Je suis une enfant. Je n'existe pas. Mon âge m'annule. Mon cœur est enraciné dans une forêt de sable.

Est-ce le rêve qui m'assaille aujourd'hui ou est-ce le souvenir ? C'était un mercredi, jour de mon anniversaire. Le père était parti bien au-delà des limites habituelles. Le maffé refroidissait. Le soir était là. Il verrouillait l'entrée, voilait les fenêtres. Ma mère alluma la lampe. Il lui fallait venir à bout de cette obscurité. Priorité des priorités. De temps à autre, elle glissait son regard vers l'horloge. Vingt et une heures. Minuit. Où es-tu, homme ? Sur quelle pierre tombale t'es-tu fracassé ? L'inquiétude tailladait son visage, tordait sa bouche. Elle arpentait la pièce, les pieds fêlés. Je la regardais, le cœur langé de pitié. Je voyais cette femme, ma mère, ombre d'un être qui s'ignorait, évoluer dans cette absence. Je l'observais, je devenais adulte, je grandissais, je vieillissais, mes dents tombaient, ma peau se flétrissait. Je devenais haute, je regardais le chemin, tous les chemins de l'amour, et je me posais devant la limite où je serais invisible. Je devenais l'air, je me confondais avec lui. Pas l'air chaud et humide de mon pays. Mais un air froid, celui de l'exil. Fuir. Fuir. Fuir. Fuir.

Le vieux revint à l'aube, les vêtements fripés à l'endroit du sexe et du ventre, les yeux bas. Dès que la vieille le vit, elle se planta devant lui, pieds à plat, mains sur les hanches.

– Où étais-tu, hein, dis ?

– Laisse-moi passer, s'il te plaît. Nous parlerons plus tard. Je suis crevé.

– D'où viens-tu ? Je veux savoir. Tu me déshonores devant mes enfants, devant tout le monde. Tu n'es même pas capable de passer une seule journée en famille pour la fête de ta fille. Tu ne respectes rien, rien ne t'arrête.

– Écoute…

– Non !

Elle leva la main, il la saisit aux poignets, la poussa fermement sur la natte.

– On va jouer cartes sur table, martèle mon père. C'est ce que tu veux, hein ?

Le silence se fit. Non un de ces silences plats qui offrent une plage de paix après l'ouragan, mais un silence criblé de suie et de haine. Le vieux le père explosa. Il dit que le sexe de la vieille la mère s'était couché avant le soleil et qu'elle devait laisser la chèvre brouter là où l'herbe pousse. La vieille la mère se taisait. Il lui dit qu'elle l'avait ruiné, qu'elle avait dérobé sa pompe à oxygène et que désormais il se barbouillerait dans d'autres culs pour survivre. La vieille la mère se taisait. Il lui dit que là-bas, à l'endroit où il libère ses reins entre les jambes, la femme avait un parfum écœurant mais qui lui plaisait car sur sa tête trônait la longue tresse de l'espoir. La vieille la mère se taisait. Le vieux le père continuait, insultait, justifiait. Je l'écoutais, je l'entendais, je ne comprenais rien, je voyais. Je l'entendais échafauder sa vie, la planifier de manière à s'offrir un nombre illimité de ces noces indignes où l'homme butine chaque fleur à portée du sexe. Je l'entendais légitimer ces rapports, légiférer, établir le nouveau code civil. Celui qui bientôt régirait notre maison. Et la vieille la mère, l'air d'un gosse débile, écoutait, ramassée sur une natte, sans révolte. Mon père se tut. Elle se leva, se dirigea vers lui, s'enfonça un doigt dans la gorge, dégueula avant de partir dans le rire. Elle riait, disait que l'homme a péché contre la femme et que sa punition devrait être égale à l'étendue de la faute. Elle disait que de leurs arbres, les ancêtres descendront pour laver la faute mais qu'il faudrait une nouvelle marque de lessive, d'autres ancêtres que ceux de la mémoire collective... Elle disait, hoquetait, riait. Le vieux ne savait que faire, il se mit à rire lui aussi. Il le comprenait, ce rire était dirigé contre lui, contre sa dignité d'homme. Il savait qu'il devait réagir, rétablir l'ordre. Mais il riait. Il riait et hurlait à son tour une suite de phrases incompréhensibles, une enfilade de mots. Ève avait conduit l'homme au péché. Ma mère l'avait entraîné dans la folie.

Debout sur les cendres de mes rêves, je regardais venir la nuit. Huit et quatre font un, huit et quatre font un. Le temps que j'avais jusqu'ici imaginé indestructible se désagrégeait. Mon destin vacillait. L'angoisse bouillonnait. Les jours avaient cessé de s'accorder au soleil. Je n'étais jamais née, j'étais née de toujours. Ces fous, je les aurais toujours ou jamais connus. Cette table, ma sœur, ce réveil, je les avais vus sur la planète Mars ou sur Jupiter. Qu'importe. Je devenais folle moi aussi, ils ne le voyaient pas, ils ne l'entendaient pas. Je devenais folle. Il me fallait dormir. Dormir dans les plis de ma nuit. Mes parents avaient dévoré ma vie, enfoncé des clous dans son linceul. Il fallait tirer le rideau sur la laideur. Je dormis cinq jours et cinq nuits. J'attendais le temps. Je voulais qu'il traque mes poux et mes araignées. Qu'il détresse la longue tresse du désespoir. En vain. À l'aube du sixième jour, je quittai ma chambre, je quittai mon corps pour retoucher la vie, elle m'échappait, personne ne le voyait.

Ainsi de l'homme mon père, qui plus tard, non content de ramener ses maîtresses chez nous, de les tripoter sous l'œil dégoûté de ma mère, m'écartèlera au printemps de mes douze ans, ainsi de cet homme, mon père qui m'engrossera et empoisonnera l'enfant, notre enfant, son petit-fils, cet homme ne s'apercevra jamais de ma souffrance et pourtant cette souffrance a duré jusqu'au jour de sa mort, jusqu'au jour de ma mort.

Ainsi de la femme ma mère, qui acceptera ces femmes qui envahiront son lit, les accueillera et tissera autour d'elles la présence de l'épouse bafouée, cette femme ma mère qui toussera discrètement dans ses pagnes quand elle me verra enfanter l'enfant des œuvres de son homme, la femme ma mère qui haïra sans geste son homme et pour conjurer la malédiction et la honte embobinera tout le monde avec l'éternel conte de l'enfant venu on ne sait d'où, de la gamine perverse, cette femme, ma mère, ne voyait pas l'arbre endeuillé que j'étais, l'arbre dressé dans la nuit, elle n'entendait plus, la femme ma mère dormait.

Ainsi de ma sœur, petite fille à la vertu encombrante, qui se camouflait derrière ses airs candides pour ne pas comprendre ni voir, ainsi de ma sœur, copie conforme de ma mère, aussi belle et lâche qu'elle, ainsi de ma sœur qui, cachée derrière le voile de la peur, souriait son ignorance en voyant mon ventre grossir, grossir jusqu'au sommet de mon âme et dira :

– N'est-ce pas, Grande, que les bébés se trouvent dans les choux ?

L'air est prison, dans la cellule. Murs et femmes, étroitement liés, se livrent aux énigmes du monde, à ses actes secrets. Ici, les pourquoi, édifiés sous l'égide de la cruauté, n'ont plus de réponse et même l'évidence, serrée dans la cervelle, s'interroge. Pourquoi ? Pourquoi quoi ? Questions inutiles qui les poussent à la rencontre du vide, les enchaînent à l'œuvre de la mort.

Survivre, survivre ! Anna-Claude se le répète. Encore faut-il apprendre à voir sans regarder, comprendre du cœur. Anna-Claude, elle, se tient dans l'interrogation, seule et agitée, les questions à leur place de question, dans la tête.

– Comment est-ce possible ?

– Tais-toi, répond Tanga. Les Blancs naissent enveloppés dans un ruban rose. Nous, on naît sur des décombres.

– On ne naît pas noir, on le devient.

– Tu ne sais rien de la souffrance.

– Si. Je sais que je sais.

– Comment peux-tu ? Elle n'a jamais frappé à ta porte.

– Tu te trompes. La mort est encore plus proche du vivant que de l'agonisant.

– Elle ne te mange pas.

– Oh si ! J'entends ta nuit comme la mort ululante. J'entends les criaillements de tout ce qui grouille, rampe et glace l'échine. J'ai beau me boucher les oreilles, serrer les poings, fermer les yeux, je vois venir le ventre grondant de la nuit. Je suis Tanga, je n'ai pas à te consoler. Je t'entends, femme, même si quelquefois la compréhension m'échappe. Si je ne connaissais pas la souffrance, crois-tu que pourrait se déverser dans mon cœur le chaos de ton paysage ? Sur ces immondices, je danserai pour enfouir dans ton esprit la rose-rose d'antan. Car je le sais, femme, je sais que le temps est là, le temps qui attaque, dessèche et flétrit la fleur épanouie.

– Arrête de délirer ou je me tais.

– Je ne délire pas, femme. Je dis ton livre, pour perpétuer ta vie.

– Tu m'interromps.

– Parle.

– Tu ne m'écoutes pas.

– Si. Tu racontais ta grand-mère, ta mère. Et maintenant tu dois me dire sa réaction quand tu es revenue après ta rencontre avec Hassan.

Un rictus déforme les lèvres de la mourante. Ses yeux se postent sur le mur. Elle guette les monstres de la démence. Anna-Claude reprend sa main tombée le long du corps, sa main raidie par une exténuante tension. Quelques minutes passent, apportent l'infime vibration qui relance l'histoire. Et une nouvelle fois, les deux femmes se sont rejointes.

La vieille ma mère me regarde de ses yeux emplis de silences hostiles et crible mon front de trous noirs. Je détourne la tête. Il flotte dans la pièce l'odeur rance d'une de ces crises qui éclatent régulièrement depuis la mort du vieux le père. Je le sens, je le vois. Elles explosent dans les endroits les moins exposés avant de se fracasser au cœur. La vieille la mère choisit toujours les moments où je suis heureuse sans elle, où je me retire dans moi pour mettre mon corps au repos. Quand je lui dis :

– Mâ, il est temps que je m'occupe de moi, quel que soit le lieu, dans la cuisine ou au salon, le visage de la vieille la mère change et se renverse.

Ses yeux partent. Son corps devient une loque souffreteuse. Elle se laisse couler à terre et gigote, l'écume aux coins des lèvres. Elle dit qu'elle a mal, qu'elle va mourir, elle porte une main aux cuisses, aux bras, enfin au cœur. Ma frangine se précipite, lui donne un verre d'eau, elle boit, elle hoquette, elle perd son vocabulaire, ses idées. Ma frangine la traîne vers sa chambre, sur son lit. Elle se laisse choir. Durant plusieurs jours, elle se laisse aller.

Elle ne bouge plus, elle ne mange plus, elle perd du poids. J'appelle le guérisseur. Il prescrit des potions que la vieille la mère refuse de prendre. Elle dit qu'elle attend la mort qui tarde à venir et que l'attente est longue. Je m'inquiète, je repars vers la rue, je glisse mon corps sous des caresses, je file au marché, je choisis un pagne Wax très coloré, je l'apporte dans sa chambre, je tire les rideaux, elle se détourne, se protège les yeux. Je contourne le lit, je m'agenouille :

– Regarde ce que je t'ai apporté, dis-je en agitant le tissu.

Elle ouvre les yeux. Ses lèvres s'évasent.

– Peut-être bien que je l'attendrai debout, la mort.

Elle fait mine de se lever. J'interromps le geste.

– Tu es encore trop faible.

– Je peux m'asseoir.

– Après un bon repas.

Je vais à la cuisine, je m'active. Je reviens une heure plus tard, un pépé-soupe fumant à la main. Je place plusieurs oreillers dans son dos pour la soutenir, je la nourris. Elle avale quelques cuillerées, grimace, secoue la tête. Je persiste. Elle refuse. J'insiste et je m'emballe de plus en plus parce que j'ai peur qu'elle attende de nouveau la mort. Je dis :

– Mâ, attends-moi, j'arrive tout de suite.

Je me précipite dans la cuisine. Je reviens avec une bassine d'eau et une serviette. Je la lave, je la masse jusqu'à ne plus sentir mes doigts. J'aime les craquements des os sous sa vieille peau flétrie. Ensuite je l'essuie et lui mets des couleurs sur les ongles, sur les paupières, sur les lèvres. Je recule, j'observe mon art. Fière ? Je ramasse le pagne neuf, je le lui attache sur les épaules. Je lui tends une glace. Elle refuse elle dit :

– Je suis laide. Si ton père me voyait…

– Pâ est mort.

– Grâce à Dieu, je connais d'autres lunes après lui.

– Tu le mérites, Mâ.

Elle souriait, elle pleurait, les choses revenaient à leur place. Moi je perdais la vie, je sombrais. La nuit, seule avec moi, seule vêtue de mes angoisses, j'écrivais une lettre à un homme que je ne connaissais pas.

Monsieur,

Votre odeur m'assaille et m'écœure. Les mots d'amour vous manquent. Pourtant, je veux me faire aimer de vous, de lui ou de quelqu'un d'autre. Vous me donnez votre sexe. Des cris sortent de ma bouche alors que mon ventre se tait. J'accueille votre océan et lis mes blessures. Comment vous dire, monsieur, la tristesse du jardin sans fleurs ? Vous payez cash. Vous détournez le regard. Vous regagnez le trottoir avec dans vos narines mes effluves vénériens.
Merci, monsieur !

Mais ce soir-là, après la rencontre avec Hassan, le monde a basculé, je ne veux plus écrire de lettres. L'homme est dans mes reins, dans mes seins, sur mes lèvres. Il m'extirpe du rôle de l'enfant-parent de ses parents. Ce soir, je veux endormir pour toujours la vieille la mère, le malheur, tout ensemble, pour être heureuse tant que je veux. Manger et boire du bonheur. Je jette le regard au plafond. Des rats et des cafards promènent leur dégoût. Habitués à eux comme certains à leurs chiens ou leurs chats, nous ne prenons plus la peine de les écraser ou de les tuer. Quand ils nous prennent pour des collines et nous grimpent dessus, nous les chassons de la main comme d'autres une miette de pain au coin des lèvres. Quelquefois une odeur de pourriture annonce le deuil. Nous fouinons, nous fouillons sous les lits, entre les meubles. Nous découvrons un rat mort. Nous l'escortons au cimetière derrière la maison.

Nous le recouvrons de poussière et nous l'oublions.

Ce soir, c'est la vieille la mère que je veux interdire de séjour dans ma mémoire. Je regarde la lampe à pétrole sur la table, les murs de tôle et de planches, le réchaud, l'armoire en Formica strié de grosses veines beige, les fauteuils en osier, tous ces objets empilés sur la charrette de la vieille la mère, ma mère dont la coulée des gestes tord mon enfance. Je leur fais mes adieux, je n'ai plus rien à leur dire. J'ai décidé de vivre, je n'ai plus rien à voir avec la vieille la mère. Elle a collé à ma naissance une boue que toutes les marées de la terre ne peuvent nettoyer: dans sa mission de mère, elle a éloigné l'oiseau du nid. Je prends Dieu à témoin. Je lui dis que sur mon continent, mon corps, il n'a accordé que le soleil sans lumière, que la brûlure du soleil sans son éclat rouge. Mon enfance est peuplée de chauves-souris, d'oiseaux noirs, de cloportes. Ma ville pue, mon corps n'a jamais senti. Trop de nuages flottent, plus haut que l'escalier du ciel tout englué de souffrances. Je réclame le jour, un seul jour de lumière pour désinfecter le merdier.

J'ébauche le geste vers ma chambre où je me retrouverais. La vieille m'apostrophe. Avait-elle capté les ondes de la métamorphose ? Je ne saurais le dire. Je me retourne braquée, prête à convier la guerre.

– D'où-tu viens comme ça ?

– Sortie.

– Tu as ramené quelque chose ?

– Rien.

– Il y a des jours avec et des jours sans.

– Il n'y aura pas de demain. J'arrête.

– Monsieur John t'épouse ?

– Ni lui, ni personne. J'arrête, point.

Un silence s'installe. La vieille me regarde sans oser dire ce qu'elle pressent, ce qu'elle entend. Mais je sais, moi la femme-fillette, je sais qu'elle craint un abandon définitif. Elle est devant moi, nue des gestes de la mère, nue des gestes de la femme et rien que l'embarras et la peur à venir.

Et moi la femme-fillette, je prends avantage de cette perte pour donner la pensée à Monsieur John. Je n'ai jamais pu l'appeler autrement que Monsieur John. Il y en a qui naissent avec le « Monsieur » collé au cul. Il est de ceux-là. Et quand je veux, comme Dieu, conquérir le monde, j'ajoute un « cher ami » qui fouette son désir et l'agenouille à mes pieds. Il est trafiquant d'armes, a tué quatorze personnes, porte un gros diamant à l'annulaire, se parfume à la vanille. Avec ses amis, il parle bourse ou prouesses. En privé, il me tricote des pulls et me lange. Il est taillé pour payer, ouvrir les portières et débiter des compliments. Je l'ai rencontré un après-midi. Soleil au quart. Ciel hypnotique. J'ai chaud. Je m'ennuie sous la tôle ondulée. J'enfile une robe, un manteau de fourrure synthétique. Je prends la rue du Maréchal-Kany. Je veux trouver des éblouissements, une consolation, dans les regards admiratifs qui s'emprisonneront à mon charme. Je m'avance dans la transpiration, à l'affût des roulements d'yeux et des commentaires de la horde envieuse :

– Hé dis ! ça coûte combien ça, ces fringues ?

– Que c'est beau tout ça !

– Aïe ! Sida ! Sida !

– Bof, non, juste Gono, Gono.

– Hé hé, moi j'aimerais bien l'avoir ce poison-là dans mon lit.

Une Mercedes se coule à mes côtés. Rutilante. Un Noir climatisé. Tronche gris malaria. Yeux *idem.* Dentier. Bon payeur. J'éteins l'œil critique. Je dirige l'autre sur la merco, le diamant, la Rollex avec ce que ça implique de cadeaux. Ces merveilles relèvent d'une harmonie que Dieu, le ciel, envoient pour nettoyer la crasse, réinventer la beauté. Ils s'ajustent à ma personne. Si je n'étais pas née pour inventer la poudre, au moins pouvait-elle se jeter à mes yeux. Je grimpe dans l'auto.

Monsieur John m'emmène dans une chambre d'hôtel. Il se déshabille. Il décrit chacune de mes poses, chacune de mes formes, jusqu'à l'invisible. Ensuite, il me débite la musique de sa vie :

– Il était une fois, au fond d'un bois d'or et d'argent, un vaillant prince qui ne trouvait femme qui l'égalât en brillance d'âme et d'esprit...

Plus il raconte, plus mes nerfs tombent. Je prends ses yeux, je vois le palais, la vaisselle d'argent et de vermeil, les lustres à pendeloques de cristal et le carrosse doré. C'est ainsi que, pétrie d'illusions, je me laisse culbuter avec la complaisance de mon imagination. Après deux ou trois secousses, un raclement de gorge, il s'est écroulé sur moi et s'est endormi.

– La prochaine fois, me dira-t-il au réveil, ça sera mieux.

Il m'avait langée.

En pensant à lui ce soir-là, mon ventre se cramponne, la nausée me prend le cœur.

Vomir ! Vomir ! Vomir ! Monsieur John. Un corps moisi. Une putréfaction. Un chicot dans une bouche qui a bouffé de tout, aussi bien des sucreries que de l'amer. Il faut le faire sauter ou il vous pourrit le palais. Lentement, je tourne la tête vers la vieille la mère, avec la force de la violence présente en moi.

– Ne compte pas sur moi pour revoir cet épouvantail.

– La laideur n'est pas contagieuse, ma fille.

– T'as qu'à t'occuper de lui. S'il veut bien de toi, bien sûr.

– Quand j'étais jeune..., commence-t-elle et elle baisse la tête.

Je sais, moi son enfant qui la connais mieux qu'elle-même, je sais que son corps décharné va à la rencontre des larmes pour couvrir mes désirs. Je la vois semer le chantage et l'arroser. Il pousse autour de moi, forme une haie pour m'emprisonner dans son jardin de ronces. Mais moi, ce soir, je suis décidée à vivre. Je me débats. Je déchire le ciel pour ruiner le malheur. Désormais, je me posterai devant tout. Avant le monde, Moi, après le monde, Moi, toujours Moi. Je suis décidée à regarder mon nombril aussi longtemps que possible, jusqu'à la limite, le dépasser et revenir au nombril. La vieille la mère ne l'entend pas de cette oreille. Elle se lève. Elle tire sur son pagne qui décroche et fait chiffon autour de ses chevilles. Elle l'enjambe. Elle se plante devant moi. Elle me regarde de son absence de regard puis se met à arpenter la pièce en agitant ses fesses. Elle s'arrête. Elle souffle. Elle ondule le bassin. Mouvements obscènes. Je me réfugie dans l'ailleurs. L'absurde me noue le ventre. Dans ma tête, une ritournelle. La vieille la mère lève une jambe, puis l'autre, claque dans ses mains. Qu'est-ce qui lui prend ? Qu'est-ce qui lui prend ? Elle danse, moi je regarde, je regarde la femme oublier ce qu'elle est, ce qu'elle était avant. Je sais qu'elle décrit le geste de la mort. Je regarde, n'est-ce pas là le rôle d'un enfant ? Le temps écoulé ? Je ne saurais le dire. Épuisée, elle arrête de danser. Dégoulinante. Les bras lui tombent. Elle s'effondre sur une chaise, ramasse son visage fripé dans ses mains et pleure. Je m'approche d'elle, l'enveloppe dans mes bras, mais son chagrin refuse l'amour et donne la violence.

– Fous le camp ! Ingrate ! Je ne veux plus te voir…

– Mais…

– Fous le camp ! Salope ! Tu veux ma mort… Mais tu partiras avant moi. Nuit et jour, je vais prier le ciel. Il remplira ton sexe de pierres. Et les paroles que je prononce aujourd'hui se réaliseront, aussi vrai que pendant neuf lunes, je t'ai portée dans mon ventre.

Elle crache trois fois par terre, frappe dans ses mains pour que la nuit des hiboux porte sa voix par-delà les cimes et les eaux.

Ma vie est une chambre désaffectée. Effroi et douleur m'écartèlent. Il n'y a plus d'émotions à trahir. Je laisse mon corps se prendre sur lui-même. Je fredonne une chanson à la mode. Je tente de vider la gourde douloureuse de la malédiction. Fuir. Fuir. Fuir. J'aime la fuite. J'aime mon corps de fuite. Je ne sais plus en ces moments-là si je suis folle ou simplement étrangère à moi-même. J'aime ces moments où je pars sans avoir préparé mes bagages ou acheté un titre de transport. Je ne trébuche plus sur les couleurs, le corps ne m'exalte plus. Seul compte l'esprit. Être l'esprit, regarder le monde, attester, conserver les vrais pas. J'aime ces moments où je peux me pencher sur l'enfant que j'aurais pu être, soulager ses peines de mon souffle. Alors, seulement, je peux prendre la mort dans mes bras et lui donner la chaleur de la mort.

La vieille la mère s'agite. Des mots puants dégringolent des sommets de sa gorge. Elle tripote ses seins. Quelques gouttes de lait jaillissent, tombent à mes pieds. Je me baisse, je recueille le fruit des mamelles de la femme pour m'initier aux surprises et aux merveilles de l'enfance. Je lèche mes doigts. Un coup de pied dans les côtes m'envoie à terre. C'est la vieille la mère. Mains sur la tête, elle hurle :

– Sorcière ! Sale sorcière ! Tu veux rentrer dans mon ventre par les pieds ! Au secours ! Elle veut me tuer. Mon Dieu... Mon Dieu.

Elle gueule, ponctue chaque mot par un coup.

Et moi, moi la femme-fillette qui voulais rejoindre le pays où les parents sont innocents de tout crime, un monde intact, conforme à mes désirs, je mets mon corps en branle et cherche le chemin de l'irréalité pour ne pas décrire à la peine la rigueur de ses pentes. L'idée me vient de peindre la vieille la mère de visions fantaisistes. Elle peut gueuler, j'ai déjà plié bagage.

Dans la savane, une petite fille trait une vache.

Dans la rue, au seuil de la prostitution, deux gigantesques mamelles pendent du ciel.

Une femme-truie, croupe à l'air, roule ses dix-huit tétons dans la boue.

Aucune larme ne s'écarte de mes yeux pour se poser sur les brûlures des coups. Je deviens d'humeur à rire. La pièce se remplit d'une houle de sensations et de pensées. Mon cœur tambourine. Mon esprit entre en activité. Je déstructure ma mère ! C'est un acte de naissance. Folie que de croire à l'indestructibilité du lien de sang ! Bêtise de penser que l'acte d'exister dans le clan implique une garantie d'appellation contrôlée ! Doutons du poteau auquel nous amarrons notre bateau ! Nous ne brisons rien puisque rien n'existe, puisqu'il nous appartient d'inventer le circuit sans fin.

À mesure que j'avance dans mes réflexions, mon univers, poussé par le vent de l'esprit, s'élargit. J'abjure d'avance ce qui, ombre ou lumière, crèvera cette situation. Dieu règne peut-être sur l'univers, mais moi, j'anéantis le monde à mes pieds puisque mon état fait chavirer le monde où le lien de sang existe et fait émerger un monde où ce lien n'existe pas. Si quelqu'un avait pris une photo de moi, il en serait sorti un autre visage, une autre femme. Pure, sage et bruyante comme la mort. Je suis détentrice d'une particule de lumière, d'un fragment de joie caché sous mes vêtements. Comme le temps, comme l'oracle, je suis immobile malgré le désir de la vieille ma mère de m'imposer des repères pour mieux me dévorer.

Je lui échappe, je l'évacue. Au diable Mâ ! Je deviens une tour. J'ai des frontières délimitées. Désormais, il faut une clef pour me pénétrer. La vieille la mère ignore ce secret. Pour le percer il faudrait qu'elle s'agenouille devant moi, alors seulement elle prendrait conscience de ma connaissance.

Peu à peu, la vieille se calme. Et la proximité du calme retrouvé la fait ressembler à la jeune fille qu'elle était jadis, lorsqu'elle traînait, avec scellée entre les jambes, et à titre de capital, une virginité encombrante. Sans me quitter des yeux, elle se rassied lentement, très lentement, comme l'égaré regarde autour de lui avec angoisse et commence à penser qu'il s'est trompé, qu'il n'a pas à être là.

– Je te maudis, me dit-elle d'une voix rauque. Tu vas mourir dans les cacas et la pisse. Je te maudis... Et ces paroles que je prononce aujourd'hui se réaliseront, aussi vrai que pendant neuf lunes je t'ai portée dans mon ventre.

Elle crache trois fois par terre, frappe dans ses mains. J'ai senti la malédiction me tirailler les tripes.

– Tu aurais dû t'en aller cette nuit-là, dit Anna-Claude, interrompant le cours du dialogue.

Tanga la regarde. Œil fixe, élargi. Lèvres cisaillées. Tant de naïveté la poigne. Elle blottit sa main plus fort dans la sienne et dit d'une voix usée par la souffrance :

– Je n'aurais pas pu, femme.

– Tu es forte, tu aurais pu le faire.

– Non.

– Et pourquoi ? C'était l'occasion de repartir de zéro, de construire une nouvelle vie.

– Impossible. Dans mon pays, l'enfant naît adulte, responsable de ses parents.

– C'est pas normal. Quel pays de fous !

– Ici, même Dieu est fou. Il a peint le monde la tête à l'envers.

Anna-Claude, un nœud de sanglots dans la gorge, laisse son corps s'incurver sur lui-même, telle une écrevisse.

– J'aimerais fumer une cigarette.

– Ferme les yeux et tu fumeras autant de cigarettes que le cœur t'en dira.

– Fous-moi la paix. Le rêve ! le rêve ! j'en ai marre de fuir les réalités. Je n'ai fait que ça toute ma vie. Fuir le rejet, la haine, la poisse juive. Je veux des vraies cigarettes, fumer à m'en faire pleurer les yeux. Tu comprends ?

Le visage de Tanga endosse cette raideur propre à celui qui refuse d'endurer un caprice mais qui n'a plus que ses yeux à donner aux éclats de la colère. Ce changement échappe à Anna-Claude. Elle se lève, se dirige vers la porte, cherche l'espace du libre possible en collant ses yeux à la serrure. Au prix de contorsions acrobatiques, elle distingue de l'autre côté d'un couloir étroit, des barreaux, quelques loques humaines. Certaines recroquevillées sur elles-mêmes. d'autres enchaînées. L'idée la traverse qu'elle leur ressemble, disloquée par des jours de prison. La griffe de l'angoisse se plante dans sa chair et la déchire. Elle tambourine, elle hurle :

– Je veux sortir ! Laissez-moi partir ! Je n'ai rien fait de mal. Je n'ai rien fait.

Des bruits de pas. Un béré apparaît. Chemise kaki déboutonnée sur un ventre constellé de crottes de poils, l'air fruste et obtus de qui roule pour le démon. Il s'étire, bâille, pose un regard gonflé de mépris sur Anna-Claude.

– Qu'est-ce qu'elle veut celle-là, hein ?

Et sans lui laisser le temps de la réponse, hurle à l'intention de ses camarades somnolents sur leurs mitraillettes :

– Regardez-moi ces garces, elles m'ont réveillé ! Ah les putes ! Si ça ne tenait qu'à moi, on les foutrait à la mer et Dieu sait qu'il y a assez de mer pour ça.

Des voix ensommeillées s'élèvent :

– Détraque-lui les os.

– Baise-la plutôt et fous-nous la paix.

– Merde ! on veut dormir.

Le béré gonfle les joues :

– Allez, dis-moi vite pourquoi tu m'as réveillé.

Anna-Claude jette un regard éperdu vers le mur. Elle souhaiterait transformer ses bras en ailes de papillon, filer dans l'espace pour ne pas avoir à répondre à cette face de meurtre qui débite son discours de malheur, elle souhaiterait ouvrir les bras aussi loin dans leur écartèlement pour trouver le prétexte d'appréhender la liberté, elle voudrait… Mais déjà, la colère peuple le béré et le soumet à la parole.

– Alors, qu'est-ce que tu veux, hein ?

– Une cigarette, s'il vous plaît.

– Une cigarette, s'il vous plaît, singe-t-il. Pourquoi pas du caviar ? Tu te crois en Europe, hein, salope ?

L'insulte galvanise Anna-Claude.

– Non, chef. Je me crois en terre d'hommes, dit-elle en pointant l'index vers le sol. Et cette terre, vous la meurtrissez.

Le kaki laisse la colère le creuser, s'enraciner en lui afin qu'éclosent en pétarade ses fleurs gorgées de venin. Il crie, hurle des obscénités, l'écume aux lèvres. Il dit qu'il érodera son flanc de sa salive, qu'elle ne mérite que ça, réduite à la plus pure des déjections. Il dit qu'il ajustera les trappes à sa grandeur et l'enfermera dans sa merde. Il dit qu'enfin, quand toutes les mouches de l'univers l'auront prise en tendresse, il se penchera vers elle, sa prisonnière, et dansera la ronde hideuse de la mort.

Anna-Claude entend les mots sans les sentir, des mots en écorces comme s'ils s'adressaient à quelqu'un d'autre. Les ailes lui poussent et la fixent dans l'extraordinaire, le rêve. Le béré comprend et le silence décanté de la femme fait monter les enchères de sa colère. Il la gifle. Il déchire sa robe. Il la laisse nue du monde, nue de lui et lui ordonne de courir dans la pièce, habillée de sa seule peau. Elle tente de cacher son triangle d'amour.

– Pas de ça ! tonne-t-il. Mains à la nuque.

Elle s'exécute, elle tournoie, la question de l'amour dans l'ombre, et rien que le vertige qui la porte et la soulève, jusqu'au moment où les mots s'échappent d'eux-mêmes de sa bouche.

– S'il vous plaît, chef, s'il vous plaît, chef.

Ses pas veulent s'immobiliser. Le béré lui donne un coup de pied. Ils repartent. D'autres kakis accourent, puant le vin, l'ail et la violence. Plombs dépareillés, des injures s'élèvent, montent au ciel avant de se fracasser sur la femme. Rires. Claques.

– On pourrait peut-être lui couper le clitoris, propose l'un d'eux en bégayant.

– Ce serait lui faire trop d'honneur, riposte un autre.

– Je sais moi ce qu'elle mérite, dit un troisième en prenant un air de mystère. On va lui offrir un cigare.

Et, sans préambule, il baisse sa culotte et chie. Rires. Vivats. La porte se referme.

Dans la cellule, ce n'est pas la vie. Pas encore le vide. Des lézards arpentent les murs, mêlent leurs pas à des graffiti pour l'éternité. Des noms. Une date. Un cœur transpercé d'une flèche. Cafards. Rats. Puces. Ils sont tous là, elles sont là, deux femmes unies dans la souffrance de ces moments qui se succèdent sans former de durée, esprits de femmes qui n'obéissent plus au cycle du soleil et de la nuit. Indifférentes ? Pour ne pas prendre en héritage la haine et la violence, il est nécessaire de transformer le corps en machine.

Tanga, le regard en gerbe de feu, voit les frissons de la honte courir sur le corps d'Anna-Claude. L'espace de quelques secondes, ses chairs se resserrent, redécouvrent l'infini sombre universel où habite la mort monotone. Elle se dit que le monde est une jungle où l'homme chasse l'homme, que l'histoire est un non-sens suicidé et que la violence n'est qu'une réponse, une réponse nette et précise, une réponse sans digression pour lui donner sa définition. Ces pensées l'épuisent. Elle tousse, les poumons oppressés par l'air vicié de la pièce. Elle lève une main et fait signe à Anna-Claude de s'approcher, d'abandonner le coin empuanti légué par les bérés. Lentement, la femme délie son corps retenu par la douleur, franchit l'espace de la séparation et s'allonge près de la mourante. Elle sait qu'en dépit de la défaillance des armes, l'heure est venue d'entretenir l'espoir, d'enfermer le flot de l'agression dans l'antre du fou pour inventer des vœux humains.

– Tu as raison, femme. Il ne faut pas s'éloigner du rêve.

– Tu l'as compris, ce n'est pas trop tôt, plaisante la mourante.

– Oui, il faut vivre le rêve. Ce soir, tu seras Ousmane, mon rêve.

– Je te donnerai la fertilité.

– Je m'offrirai à toi.

– Je te ferai des gosses pour perpétuer d'autres humanités.

– Aime-moi.

Leurs corps s'enlacent. Anna-Claude pleure. Tanga trace sur son cou et son flanc des sillons de tendresse. Elle lui dit de ne pas pleurer, qu'elles venaient de connaître le cauchemar mais que le réel était l'étreinte. Elle lui dit qu'elles frotteront leur désespoir et que d'elles jaillira le plus maternel des amours. Elle lui dit de sécher ses larmes, afin que, de la plaie du malheur, tombe la croûte. Elle la berce, elle la cajole, elle lui dit qu'il est temps de continuer son histoire avant que le temps n'inaugure la cérémonie de sa mort. Elle ajoute :

– Ne l'oublie pas, femme, tu dois connaître la suite de ma vie pour la perpétuer.

Les sanglots s'éloignent. Anna-Claude se calme. Les mains de l'amour balaient les restes empoisonnés de la peine, chaque trace laissée par ses pas cornés. Elle se mouche bruyamment, fait lever le vent de l'espérance en se lovant plus près, contre Tanga. Et de nouveau, les mots se sont succédé du corps de la mort naissante à son corps à elle, ressuscitant l'enfance évanouie.

Je retrouve la paix dans ma chambre. Je me blottis contre ma sœur. Elle ronfle. Dans l'obscurité, je devine son visage et ses formes plates. Ils remplissent mes yeux. Elle dort comme moi, comme tout le monde, sans particularité. Dommage ! Quelque chose aurait dû, telle une estampille, distinguer les gens heureux des autres.

J'entre dans son corps par les replis des aisselles et des cuisses. Je prends ses senteurs d'huître et de rosée. Le silence de la nuit m'enfièvre. Je retourne aux bruits de la journée. Entre pleurs et rires, je revois Hassan. Il prend connaissance de moi pour mieux camper sa présence, pour que je ne sache plus vivre hors de lui. Je devine vers quoi il m'entraîne. Devant la vie, cet homme ne me regardera pas, il ne me parlera pas, il me possédera. Et je resterai là, je l'attendrai, car je suis femme-fillette et pas la première dans sa putain de vie. À cette pensée, une souffrance sourde se distille en moi, cette souffrance intolérable que seuls connaissent ceux qui aiment sans facture et se sentent dévorés sans recevoir d'aliments en retour. Et, parce que je suis femme-fillette, et non la première à habiter son lit, une femme-fillette sans rang de classement, et parce que je suis de celles qu'il avale et expulse, je sais qu'il convient, pour capturer son amour, d'être femme. Désormais je le serai, je serai femme en robe blanche, couronne de fleurs sur les cheveux pour tisser inlassablement la vie, afin que la vie soit chaque jour. J'aurai ma maison, le jardin, le chien, la pie au bout du pré, des enfants. Le dernier mot m'arrête. Des enfants, des vrais, pas cette enfance d'Iningué où l'enfant n'a pas d'existence, pas d'identité… Des parents à entretenir et des coups pour obéir.

Ainsi de la fille de Mouélé, prostituée.

Ainsi du fils de Dakassi, vendeur de cacahouètes.

Ainsi du fils de Tchoumbi, l'enfant aux mains fendillées jusqu'aux poignets. Il dit que c'est le poids des valises et des sacs. Chaque jour, en saison sèche comme en saison de pluie, il quitte son paillasson avant le seuil de l'aube, torse et pieds nus, sa petite culotte rouge, rabougrie par la crasse, enfoncée dans la raie des fesses. Il va vers la gare, au marché, là où se portent les souffrances à dos d'homme. Quelquefois en plein midi, à l'heure où poules et chiens cherchent l'ombre des manguiers, à l'heure où les « Blacks climatisés » relèvent prestement les vitres de leur voiture congelée, vous pouvez le voir, vous le reconnaîtrez. Il avance lentement, tassé sous un sac de mil ou de maïs, ne répugnant pas à enfoncer ses pieds rongés par la vermine dans les ordures. Il mord sa lèvre inférieure. Ne vous étonnez pas. Ce n'est pas l'enfant qui souffre mais Iningué qui serre ses entrailles pour ne pas laisser échapper sa merde.

Ainsi du fils de Yaya, le mendiant aveugle. Yaya avait vu bien avant la naissance que celui-là, il apporterait le sorgho. Il avait tâté le ventre en lune de sa femme, avait ri de ses dents de cola avant de lever les bras au ciel :

– Il apportera le sorgho, il apportera le sorgho, ainsi le veut le Tout-Puissant.

L'enfant était né. Yaya avait d'abord crevé un œil, il trouvait l'acte insuffisant pour susciter la pitié, il avait crevé l'œil restant. Puis il avait prié, les doigts entrelacés, il avait invoqué le ciel pour qu'une lèpre dévore les jambes et les bras de l'enfant. La lèpre n'était pas venue. Les mains de Yaya n'avaient contenu qu'un dieu minuscule.

Le fils de Yaya grandit, il l'envoya par les rues. Vous le rencontrez quelquefois, marchant à tâtons, long, maigre dans son boubou sale, ou assis sur le trottoir, jambes croisées et mains tendues, chantonnant des « Allah kabia », qui interpellent le touriste et l'invitent à coucher quelques larmes sur l'épaule du fils de Yaya.

– La misère ! s'indigneront-ils en accomplissant l'œuvre de charité.

Puis ils oublieront. Tout s'oublie sous les cocotiers. Même le regard blanc du fils de Yaya.

Ainsi de Ngono la fille de Ngala, celui-là qui a envoyé sa fille en ville chez son frère. Il lui avait confié une poule. Il lui avait dit que là-bas chez son frère, il y aurait la lumière, l'école, le riche mari. Il ne saura jamais Ngala que, là-bas, la fille Ngono lave, lange, torche en permanence les cousins. Il ne saura jamais que là-bas, les mains de sa fille se transformeront en dos de crocodile, que sa robe fendillée jusqu'aux aisselles est ouverte au sexe de l'invité qui l'écartèlera, que la poule est morte avant de pondre un œuf, il ne saura jamais qu'à Iningué, seule la larve pousse de la semelle de la terre.

Ainsi de l'enfant, tous ces enfants qui naissent adultes et qui ne sauront jamais mesurer la sévérité de leur destin, ces enfants veufs de leur enfance, eux à qui même le temps ne promet plus rien.

Et là, étendue seule et agitée, je me dis que demain, j'en adopterai un, car il faut toujours commencer par le premier, celui qui désherbera le sentier de l'amour. J'adopterai Mala le fils de personne, je lui donnerai l'enfance oubliée et tout le monde se souviendra car il faudra se souvenir de l'enfant-roi, celui qu'il faut porter sur son dos, vers la clarté, vers plus de lumière.

Ainsi, il y aura la maison, le jardin, le chien, la pie au bout du pré, les enfants, déjà un enfant, Mala… Et Hassan dont, de ma fenêtre, chaque soir, je verrai les pas se précipiter vers moi dans la chute sombre du soleil.

Ma sœur gémit, se retourne sur son sein. Un nuage ramasse mes yeux. Je m'endors.

Cette nuit-là, un cauchemar m'assaille. Les enfants d'Iningué sont tondus. On leur met un anneau dans le nez. On les parque dans les champs. Ils travaillent sous le fouet d'hommes aux biceps comme des bûches et au crâne de chauve-souris. Une femme cul-de-jatte s'occupe des récalcitrants. On les lui confie, ligotés. Elle les frappe de sa main cornée puis les envoie virevolter trois fois dans le ciel en scandant :

– Enfant, tu n'existes pas.

– Enfant, tu nais pour obéir.

– Enfant, tu nais pour être esclave des parents.

Puis elle les jette dans la fosse aux boas.

Moi, je travaille en silence et je prie le ciel de me transformer. Le miracle se produit. Je deviens une plante gigantesque à multiples têtes. Avec mes lianes-tentacules, je ramasse les adultes et les étouffe. Je lâche mes proies au dernier spasme. Je les regarde, les lèvres, les yeux, le nez, cet amas de chair lavé par la mort. Je les trouve beaux. Je me penche vers eux, assiégée de tendresse. Je les embrasse sur la bouche, puis les retourne à la poussière. Je pleure. Mes larmes lavent la boue, redonnent l'éclat de naissance. Toute la nuit je marche dans ma mémoire close. Emmerdeuse immobile, je m'installe dans la destruction.

Le lendemain, en ouvrant les yeux, je n'ai pas la sensation du rêve. À Iningué, le rêve c'est l'imagination branchée sur demain. Ne voit-on pas les mères resserrer leur ceinture à la faim ? Elles disent demain, demain il y aura le pain, le café qui fume, l'eau qui coule du ciel. Gros décalage. Il n'y a que leurs pieds qui foulent la boue avec un bruit de succion et leur mari qui se branle au ministère des bras croisés.

Comment est-ce fait, le bonheur ?

Moi je n'ai pas rêvé. Je perçois le changement en me réveillant. Soleil exigeant. Il emprunte les fenêtres de mon corps. Il pénètre mon esprit. Il s'infiltre partout. Est venu le temps des agissements. Le monde est brisé. Il faut le recoller.

Je bondis du lit. J'enfile une robe, des sandales. Je laisse mon regard errer sur le corps endormi de la fille ma sœur. Elle repose sur un côté, la joue enfoncée dans l'oreiller, les mains crispées. Parfois, quand je me réveille et que ma sœur dort, je regarde son corps. Il dessine un S inversé. J'aime ce S. Un peu plus qu'autre chose. Juste un peu plus. Je peux le regarder ce S indéfiniment. C'est permis. Je peux regarder, boire des yeux, me soûler du S, le regarder au-delà de la fille ma sœur, le blanc de la plante des pieds, ses seins, ses cuisses.

Quelquefois s'accomplit un miracle. Je perds mon chemin. Je ne sais plus où je suis, qui je suis, mais je sais que je ne suis pas dedans.

Comment est-ce, le bonheur ?

Je regarde le corps de ma sœur. Le corps endormi de ma sœur. Le corps déserté de ma sœur. Le corps bavard de ma sœur. Il me faudrait utiliser un nombre infini de mots pour décrire le corps de ma sœur. Il est permis de regarder, les yeux n'ont pas de route, regarder a toujours été la seule complaisance que je m'offre. Dieu devrait, à chaque naissance, donner aux enfants un scalpel pour disséquer l'âme pourrissante de leurs parents.

Je claque la porte de la chambre. Je me précipite à la cuisine. La vieille la mère est là. Elle met deux cuisses de poulet dans un plat. Elle le recouvre d'un papier journal. C'est pour le Monsieur à la plaie. Elle le verra ce soir. La vieille la mère lui apporte les meilleurs morceaux. Comme d'habitude. Les meilleurs morceaux sont pour les adultes.

– C'est pour apprendre aux enfants à grimper les murs du malheur, énoncent-ils gravement.

Et ce soir, la vieille la mère retrouve l'homme à la plaie dans la cabane que lui réserve Mama Térecita.

Et comme d'habitude, l'homme à la plaie l'attendra, allongé, le sexe à l'air, sa cheville pourrie pendant hors du lit, dans la ruelle. Certains disent que c'est la lèpre qui lui a mangé la cheville, d'autres prétendent que c'est parce qu'il a volé des œufs chez son voisin. Il mâche une prise qu'il recrache copieusement, entre deux rires édentés. Toujours, la vieille la mère lui tend la viande et dit :

– Tiens.

– Après, répond-il. D'abord la femme.

La vieille la mère s'allonge. Quelquefois, je la suis, je colle ma tronche à la serrure. J'attends l'instant où le lit grince, où les cris montent. Le lit pleure, mais aucun cri ne sort des lèvres de la vieille. Il la possède très vite, tel un insecte, il la libère, il gratte son ventre qu'il a jusqu'aux cuisses, il dit :

– J'ai faim, tu m'as vidé.

La vieille la mère se précipite, lui donne sa viande, il mange, il s'essuie la bouche sur le pagne de la vieille la mère. Il boit son rouge, il rote, la bascule de nouveau, elle se blottit dans sa blessure.

La vieille la mère revient bien avant l'aube. Elle veut demeurer la veuve de son mari, celle qui attend, l'impatience aux nerfs, le jour où elle le rejoindra parmi les morts. Elle racle les murs. Quand un voisin la surprend entre deux concessions, elle dit :

– J'étais partie faire pipi.

Il sourit.

Quand la vieille la mère est fâchée parce que le Monsieur à la plaie s'est baladé dans un autre trou, elle hurle. Elle donne des coups de pied sur sa plaie. Il crie. Des gens accourent. Ils l'encouragent. Elle le frappe du plat de la main, quelquefois avec un pilon. Elle revient le lendemain avec la nourriture qu'il n'aura pas mangée. Elle nous dit :

– Une mère doit toujours prévoir de la nourriture pour ses enfants. Je vous ai gardé les restes d'hier.

Nous ouvrons le paquet. Nous découvrons que la viande est retournée. Pourrie.

Ce matin-là, quand la vieille la mère me sent dans son espace, elle arrête de s'activer, le coin de ses lèvres se fronce. Elle dissimule les cuisses de poulet. Elle se verse un bol de café, s'assoit à la petite table. Je prends place en face d'elle. Je laisse mes yeux ramasser la fenêtre où filtre le jour. Elle boit son café, la vieille la mère, les poings serrés sur son bol. Son regard cherche le mien. Le mien la fuit sans se baisser. Et je sais, moi la femme-fillette exclue, je sais que mes yeux ne se baisseront plus. Ils raccorderont le fruit vert à l'arbre en attendant son mûrissement. Pourtant, il me semble que s'exhale des lèvres de la vieille la mère le nom de Monsieur John. À chaque gorgée me frappe le bruit de son fric. Il se divise. Il s'assemble autour de moi, me cerne, qui à l'horizontale, qui à la verticale. Il m'enferme. Je me débats. Je lacère l'idée que seul l'argent, propre ou sale, permet de vivre. Fric, amour. Fric, amour. Je dois choisir. Je déteste ceux qui ont les deux, je hais ceux qui ont tout. Je dégueule sur leur bonheur et sur leur air de dire : « Partage ma joie puisque je suis heureux. » Quelquefois, je voudrais les enfermer pour toujours, avec leur bonheur et leur argent, dans le sommeil, en finir avec leurs joies. Mais ils se réveillent toujours. Alors, je me console en pensant qu'ils sont les dupes de Dieu le Créateur. Il leur a accordé le temps qu'il faut pour vivre, le temps qu'il faut pour mourir, mais pas celui qu'il faut pour mourir et naître à la fois. Moi, je suis morte à ma naissance.

Durant de longues minutes, j'oscille. Divin, Humain. Bien, Mal. Ombre, Lumière. Je vois passer entre eux une frontière en papier mâché. J'hésite. Il n'y a plus de recette pour se concocter des certitudes. Car la réconciliation avec soi est semblable à une quête d'amitié. Les amis ne s'unissent pas. Ils s'accordent pour passer un après-midi pluvieux entre des vérités vides ou débordantes. Ils cheminent ensemble par les routes fleuries ou le désert. Ils recherchent le mystère à sauvegarder ou la matière à remodeler. Quelquefois, vous surprenez leurs rires ou leurs pleurs. Ils viennent d'inventer l'éternité ou la haine.

– Tu as réfléchi à hier ? dit la vieille la mère en interrompant le cours de mes réflexions.

– Oui.

– Qu'est-ce que tu vas faire alors ?

– Rien, j'attends.

– Quoi ?

Je ne veux pas lui parler de ma décision d'adopter Mala, de lui donner l'enfance volée, je ne veux pas lui parler de Hassan, de la maison, de la pie au bout du pré. Je tombe dans le vague et lui dis le ton bas :

– J'attends quelque chose. Je ne connais pas son nom, mais il va me souffler dedans.

– Ingrate.

– Laisse-moi vivre.

– Tu vas crever la bouche ouverte, oui.

Touchée ! Sa dernière flèche m'abat. Elle vient d'ouvrir pour moi le répertoire chaotique du futur. Elle vient de dégotter mon drame. Je ne veux pas l'entendre, je ne dois pas l'entendre. Il faut chasser l'image de la vieille la mère secouant sa natte sur les ruines de ma vie. Il faut du temps pour que le marigot creuse son lit. Il faut du temps pour que s'écoule la mare d'eau.

Je baisse le nez. Silence. Un long moment passe, un long temps pendant lequel le bruit divergent de nos pensées, le nœud du chagrin emplissent l'espace, vieillissent le bonheur. Je me lève. Je secoue ma robe comme pour faire tomber mes puces.

Je dis :

– Mâ, je sors.

La vieille la mère me regarde, les yeux rétrécis par la colère.

– Tu vas encore le donner ton arrière djô ?

Je ne réponds pas. Une mission m'attend. Retrouver Mala.

Mala. Il était né douze ans auparavant d'un spermatozoïde en goguette. Sa mère, qui tenait boutique dans le haut quartier, laissait les hommes s'interchanger et ondoyer sur elle telles des vagues sur la mer. Il naquit. Elle disait que l'enfant pour les femmes de son espèce était le « don du mal » et qu'il fallait « laisser le diable achever son œuvre ». Elle le mit dans une boîte en carton, lui donna l'épouvante à téter, l'enferma dans sa petite chambre et disparut. Durant plusieurs jours Mala gigota dans ses déjections. Des voisins finirent par entrer. Des asticots avaient accompli le geste des ténèbres : ils lui avaient dévoré une partie des jambes. On le confia à sa grand-mère, une vieille sénile qui fabriquait et vendait de l'alcool de maïs. Elle le surnomma « Pieds-gâtés ».

Pieds-gâtés... Sa vie tenait tout entière dans le malheur qui l'habitait. L'œil du mal le peuplait. Certains affirment l'avoir vu se transformer en serpent. D'autres en adulte. Toujours quand il entendait cela, il levait ses yeux emplis de pus, les retournait avec des grimaces horribles. Le médisant s'enfuyait en hurlant :

– Il est maudit, il est maudit ! il a essayé de m'assassiner !

Pieds-gâtés éclatait de rire.

Pieds-gâtés. Sa vie se justifiait par la terreur qu'il inspirait. Il se lavait une fois l'an pour le plaisir du père Noël, suspendait une sandale sur une branche pour accrocher son regard. Chaque fois qu'il pressentait la proximité de cette nuit qui ensemençait la mémoire des enfants, il peignait le geste où s'inscrirait l'espoir du ravissement. En vain. Le père Noël passait, l'oubliait.

Le reste du temps, il se barbouillait à la suie, se dessinait des moustaches pour faire adulte. Il disait qu'ainsi, il vouvoyait l'attente et ne cherchait plus, dans le sable, ou sur les nuages, les pas du père Noël. Ses journées, il les dépensait à boitiller le long des rues, à préparer des plans de survie, à trousser les fillettes et à vider des fonds de bouteilles de vin et de bière dans les cafés. Un jour, il rencontra M. Difé, un héros de la guerre qui avait laissé son bas-ventre sur les champs de bataille. M. Difé lui chiffonna les cheveux du seul bras qui lui restait, baissa sa culotte sur sa paralysie, pleura sur son absence de bourses, sur son désir d'avoir un fils, sur la joie qu'apporte un enfant. Pieds-gâtés l'écouta, conclut qu'il ferait bien de se laisser choir quelque part pour apporter du rire. Il alla de maison en maison demander un père, une mère. On le reçut avec des tomates blettes et des bassines d'eau. Il décida de voler la joie. Il kidnappa un bébé et se réfugia avec lui sous un pont. Sa main se fit douce, ses gestes câlins. Toute la journée, il joua au papa. Iningué fut mobilisé. On organisa des battues, on fouilla pour retrouver le bébé. Pieds-gâtés le ramena au seuil de la nuit. On le ligota, on le fouetta. Quand on le libéra, il pouffa d'un rire idiot et dit :

– J'ai rêvé !

Je marche dans la rue en laissant mes pensées glisser vers Mala. À cette heure de la journée, la vie grouille. Des élèves, engoncés dans leur tenue verte, rouge ou jaune, cartable sous le bras, vont en chantant « Frères bananes, dormez-vous ? Sonnez les matines ». Des culs-familiaux, bébé dans le dos, cuvette en équilibre sur la tête, se hâtent vers le marché en piaillant. Des vieillards, écroulés au hasard des nattes, sous les vérandas, mâchonnent du tabac en attendant le gouffre éternel. À qui veulent les entendre, la tête en vadrouille ils disent :

– La terre de cette ville est pourrie. Dans mon village, elle est rouge et moelleuse. Elle saura nourrir mes os.

Quelquefois, je les écoute, le rire attaché au sommet de la gorge. Ils semblent oublier, ces fatigués, ils semblent oublier qu'ils étaient les premières putains d'Iningué. Autrefois, quand leur sang était neuf et que leur sexe se levait avant l'aube, ils couraient la richesse, l'espoir d'accumuler encore et encore. Aujourd'hui, ils arrivent, essoufflés à force d'être baisés par la ville, les yeux ployés, les mains vides, quémandant l'impossible pour tromper la mort : le droit, ce qu'ils appellent leur droit, de reposer un jour sous une terre qu'ils ont abandonnée.

Une vieille cabane de tôle et de brique. Sale. Cour jonchée d'immondices. La maison de Mala. J'entre sans frapper. Une odeur de moisissure et d'excréments me saute au nez. J'avance dans la pièce, je mets une main au front pour m'accoutumer à la pénombre. Affalés dans des fauteuils déglingués éparpillés çà et là, les gosiers-en-pente, la mine grise, les mains tremblotantes, se soûlent à petites rasades d'alcool de maïs qu'ils avalent d'un trait. Certains, entortillés dans leurs déjections, ronflent en se mangeant la bouche. La table bancale au milieu de la pièce est jonchée de bouteilles vides et, surtout, de verres ébréchés à force de véhiculer du Bako. Assis dans un coin de la pièce, Djana le fou, les yeux exorbités, les mains fébriles, triture de vieux journaux en débitant son chapelet :

– *Y djani silaba, y djani silaba. Y titinini y titinini cinquante. Y titinini y titinini soixante.*

Je m'arrête devant lui. Son odeur d'alcool et de jambon rance me transperce. J'appelle l'habitude à ma rescousse. Je soumets le cou. Je l'oblige à se plier. Je lis : « Les hostilités au Proche-Orient. L'invasion soviétique en Afghanistan. Les oubliés du Bangladesh. » Je ne bouge plus. J'engrange la révolte que ces mots sèment en moi. J'épie les craquements. L'apocalypse. Rien. Même pas du désespoir. Les cartes se sont brouillées. Aujourd'hui, seul l'oignon fait encore pleurer.

– Fais attention, me dit un des gosiers-en-pente dont les lèvres, grillées par l'alcool, ressemblent à un cul de poule. Tu vas finir par devenir folle toi aussi.

Je tourne vers lui des yeux d'interrogation. Il éclate de rire, s'épouille les testicules, m'explique que ce sont les livres qui ont rendu Djana fou.

Je laisse couler des instants, je tortille les lèvres, puis je réponds :

– La bêtise finit par rendre la raison et la folie équivalentes.

Il ouvre la bouche mais déjà je ne l'entends plus. Je m'avance vers la grand-mère de Pieds-gâtés assise sur la table de la cuisine, occupée à vider les fonds de verre. Dès qu'elle me voit, elle se dresse sur ses maigres pattes aux ongles incrustés de crasse, me tend une main habillée de gerçures et de furoncles tout en se grattant l'aisselle de l'autre. Elle roule des yeux jaunes et m'ouvre son plus large sourire-chicots.

– Je suis contente de te voir, ma fille. Quelle surprise ! Tu viendras souvent, j'espère. Y a rien comme la chair fraîche pour attirer les clients.

Je détourne le regard. La répulsion s'entortille autour de ma langue. Le vertige me prend la tête. Je souffle pour taire la colère, comme il convient de le faire à l'aube de chaque sagesse. Je souris. Je lui dis que je viendrai chaque fois que je pourrai mais qu'aujourd'hui, je voulais parler à Mala.

– Qu'est-ce que tu veux à ce fils de pute ?

– Je voudrais lui parler, Mâ!

– Tu as de l'argent à lui donner ?

– Non, Mâ. Mais…

– Il est là-bas, dit-elle en suçotant bruyamment un de ses chicots.

De la main, elle m'indique une forme recroquevillée sur une natte.

– Une grosse bouche à nourrir pour une pauvre vieille comme moi. Ça fait deux lunes que sa mère n'a pas donné un rond.

Mala dort. En chien de fusil, les poings serrés sur les yeux. Je m'approche de lui, à petits pas, pour ne pas brusquer son réveil. Je m'arrête, je le considère un long moment, donnant les yeux à son repos, pour dérober son image la plus précieuse. Je m'accroupis, lui tapote la joue, il ouvre les yeux, les referme aussitôt, je recommence, il grogne, je façonne le geste du sceau de l'amour, il bondit sur ses fesses.

– *Shit !* Qu'est-ce que tu me veux, hein ?

Je reste interloquée. Toute l'harmonie des mots que je me répétais pour réinventer la musique de l'éternité s'arrête. Je me lève, je fais mine de m'en aller.

– Pas si vite, Gâ, dit-il en s'ébrouant. Tu n'as pas réveillé Pieds-gâtés pour rien, non ?

– ...

– Si c'est pour porter des sacs, Pieds-gâtés a plus de forces armées dans les bras que n'importe quelle flicaille. Regarde les doigts de Pieds-gâtés, ils sont fendus au milieu. Pieds-gâtés est fort. Et si c'est pour un secret, Pieds-gâtés est muet.

– Rien de tout cela. Je veux te soigner.

Ces mots paralysent l'espace. L'ombre suspend sa java et se cristallise autour de nous. Je souris. Je prends sa main que poisse la rue, j'embrasse chaque doigt, je dis, ficelée par l'émotion :

– Désormais, tu ne marcheras plus seul. Il y aura moi. Je te donnerai le rêve, je t'élèverai dans la douceur du monde.

Il me regarde.

– T'es dingue, Gâ, dit-il, complètement dingue ! Le diable doit t'habiter toi aussi.

Il m'inspecte, les yeux mi-clos, hausse les épaules, aboie un « Ça alors », sort un clope de ses guenilles, l'allume, éclate de rire. Des mots jaillissent, s'écoulent de sa bouche, se solidifient autour de moi pour éteindre la joie. Je ne comprends pas, je l'attrape par les cheveux, je lui dis qu'il doit effectuer le premier geste de respect dû à la mère, qu'il doit prendre un bain, il résiste, je tire plus fort, il dit « Oui Mâ » en pleurnichant. Je le lâche. Il m'attrape la main comme pour l'embrasser. Je reçois ses dents à chair pleine. J'ai à peine le temps d'émettre un cri que déjà ses pas boiteux s'éloignent.

J'étouffe de colère. Je crie :

– Fils de malheur !

Les gosiers-en-pente ululent. Je vois leurs images troubles, lourdes de crasse, envelopper la salle dans un manteau de lune noire. Ils disent que Pieds-gâtés est habité de plus de démons que tous les enfants affamés de l'Afrique, ils disent que de toute façon il y a plus de vers dans son ventre que dans celui des chiens errants et qu'il retournera bientôt là d'où il était venu : aux ténèbres. La grand-mère se signe, s'agenouille, récite des « Ave Maria » en triturant son amulette avant de partir dans les sanglots. Elle pleure, crachouille que Dieu est partout mais que ses pas se sont arrêtés au seuil de sa maison. Elle dit qu'il l'avait posée là par erreur mais qu'était venu le temps d'implorer le ciel de lui trancher la gorge pour arrêter son malheur. L'assistance se lève, grincheuse, portée par la solidarité alcoolique. Certains lui proposent un verre.

– Ça soutient, disent-ils.

D'autres rotent, joignent leurs voix pour maudire l'enfant.

Je laisse passer ces moments. Je ne bouge pas. Je ne dis rien. Je laisse mon corps se recomposer, je pense que désormais, je prendrai soin de lui car la route du ciel sera longue, très longue. Je sors vers la rue, vers le soleil.

Le jour a déjà fait du chemin. J'avance dans sa clarté, essayant de chasser les visions de Pieds-gâtés. Des fillettes occupent les trottoirs crevassés, offrent aux passants leurs charmes et leurs bassines d'arachides. À ceux qui, la mine scandalisée, leur disent qu'elles doivent attendre quelques années afin de donner à l'écorce de l'hévéa le temps de se lubrifier, elles répondent par des rires cristallins, promènent exagérément leur derrière et clament qu'attendre à Iningué est une forme de suicide. Quant aux plus jeunes, trois saisons à peine, elles croquent des mangues vertes en attendant la chiasse qui les ramènera à la poussière. Et ils crèvent les mômes. Il en crève tellement que les femmes en font de plus en plus. Être plusieurs. Marquer. Frapper. Contourner le destin. À Iningué, la femme a oublié l'enfant, le geste qui donne l'amour, pour devenir une pondeuse. Elle dit :

– L'enfant, c'est la sécurité vieillesse.

D'ailleurs le gouverneur en personne médaille les bonnes pondeuses. Service rendu à la patrie. La vieille la mère a essayé de se faire couronner. Si je lève les yeux sur le passé, je la revois, les fesses amples dans son kaba, allant et venant, préparant le repas de fête entre les rires légers et les empressements. Pétillante, la vieille la mère, comme au printemps de ses quinze saisons. Elle a égorgé dix poulets, quinze canards. Dehors le tamtam roule et les cousins des cousins venus du village se trémoussent et se rafraîchissent au vin de palme. Certains se roulent dans la poussière, prétextent l'esprit des ancêtres venus participer aux festins. D'autres, ivrognes calmes, cuvent leur Hâ, silencieux. Les femmes claquent dans leurs mains en vociférant des « Ywééé ». Parfois l'une profite de la foutaise générale pour habiter des alcôves interdites. Les autres se transforment en autruches. Rien vu. Rien entendu.

La vieille la mère a chaulé ses cheveux. Ils se plaquent sur sa tête comme les poils d'une poule mouillée. Toute la nuit elle s'agite, récure, tandis que les cousins, dégoulinants de gourmandise, se bourrent la panse. Et bien avant le jour, nous prenons le chemin du couronnement.

Les pondeuses sont là. Aussi fières que des oies sur un marché. Femmes bâillonnées. Heureuses d'être des héroïnes grâce aux actes de la vie quotidienne. Je les revois. Regards extasiés. Bouches élargies. Gestes imprécis. Leurs caquètements se fracassent autour de moi, m'enveloppent d'images, éveillent en moi le désir de couper mes seins, d'embrigader mes fesses, de trancher des nœuds gordiens.

Quinze heures, le gouverneur arrive. Gras. Dégoulinant. Il zézaie. Haut niveau du chic. Discours incolore. C'est dur de vivre sans couleur. Les pondeuses retiennent « Pour service rendu à la patrie ».

Le gouverneur oublie de citer la vieille la mère. Car ça ne peut être qu'un oubli selon elle.

Une simple omission. Au début, tous les jours, aux mêmes heures, elle s'assoit à même le sol. Elle écoute la radio. Elle écoute les radios de toutes les stations, de toutes les langues possibles et imaginables. Parle-t-on d'une personne qui a le même prénom ou le même nom ? Elle pousse des Ywééé. Elle tape dans ses mains. La véranda se remplit de badauds.

– Qu'est-ce qu'elle a ?

– Je vais être couronnée ! Je vais être médaillée ! Ô mon Dieu, quelle joie !

– Elle est dingue, commente la foule.

– C'est parce qu'elle a bouffé l'herbe pour que son homme l'aime.

– Pauvre femme. Elle ne mérite pas ça.

– Hé hé, on a toujours ce qu'on mérite. Les pieds à la place des pieds, dans la boue, la tête à la place de la tête, dans le ciel. Tout est comme ça dans la vie.

Ils se dispersent, boursouflés de mépris et de pitié.

Restée seule, la vieille la mère regarde autour d'elle, brisée d'incompréhension. Je m'approche d'elle, je lui prends la main, je la conduis à sa chambre, sur son lit. La vieille la mère proteste, elle veut qu'on la laisse seule avec ses rêves de travers. Je m'en vais sur la pointe des pieds, poursuivie par ses sanglots.

Le couronnement est pour la vieille une idée à laquelle elle a accroché son souffle. Même effet que l'herbe. Toujours à côté. Par certaines nuits de pleine lune, elle se lève, se tatoue le visage de rouge à lèvres, sort dans la cour, nue, se roule par terre, mange la poussière pour conjurer le sort jeté par les jaloux. Elle affirme qu'Iningué tout entier envie son ventre qui a porté douze enfants. Dix sont morts ? Qu'importe, elle a eu douze enfants quand même. Je ne lui dis pas que la mort incorruptible a éteint en elle toute chaleur et que ses dix enfants gisent pour toujours sous une terre stérile. Pas de jalousie à craindre. Je me tais. Je dois me taire. Quelquefois, le chagrin dans les tripes, je me cache derrière un amoncellement d'ordures. Je ne chiale pas. Les larmes ne servent plus. Je ramasse mon visage dans mes mains, je respire fort, j'attends l'adulte qui viendra vers moi, posera ses mains sur mes épaules et caressera mes cheveux. Personne ne vient. Je ferme encore plus fort les yeux, vers le rêve, l'ailleurs. Alors seulement, je m'élève dans le ciel, entre les draps blancs, au cœur des oiseaux.

Un matin, elle décide d'envoyer une lettre au gouverneur pour lui rappeler son oubli.

> Mon très cher Gouverneur bien-aimé, bonjour.
>
> C'est une mère oubliée qui t'écrit. Comment va la santé pour toi-même et pour tes enfants ? Ici rien de grave. Pour ma part, je ne suis pas en bonne santé. Tu as oublié de m'appeler l'autre jour pour me médailler et cela me tient à la gorge et je ne dors plus. Alors mon fils, je viens auprès de votre haute bienveillance solliciter de venir très vite arranger ça. Et si tu ne viens pas, qui veux-tu qui vienne à ta place ? Tu es notre chef à tous. À part ça, tout va bien. J'ai fait douze gosses

et Dieu en a repris dix. Et je donne mon ventre à la vie si Dieu le veut. Et Dieu le voudra puisque mon dedans est propre et très beau. Je n'ai jamais fait de mal à personne. À part ça tout va bien. Je continue à faire un peu de commerce pour nourrir les deux enfants qui me restent. Mon mari ne s'occupe de rien. Tu sais comment c'est de nos jours, il va voir une autre femme en cachette et me regarde comme du caca. La personne qui va te donner cette lettre va te donner aussi de l'argent pour le transport que je l'ai donné pour toi. Et si tu ne peux pas venir, donne-lui la médaille pour moi. Mon très cher Gouverneur président, je te quitte en te disant bonne santé à toi et à tes enfants. N'oublie pas de dire bonjour de ma part à ta femme. Mes enfants te saluent.

Signé par nous Ngâ Taba.

Une mère oubliée.

Chaque semaine, elle écrit. Mêmes mots. Même longueur. Elle ne met ni timbre, ni adresse sur l'enveloppe. Elle jette ses lettres sur la piste de l'aéroport pour que les avions les ramassent. Quand on le lui fait remarquer, elle regarde la terre, rien que la terre et dit :

– C'est marqué par avion sur l'enveloppe.

J'ignorais alors que l'instinct de survie tient de cette exagération dans la plainte, de cette douleur concertée comme une mise en scène afin que la femme se résigne à la mort tout en la niant.

Dans la cellule, la flamme de la bougie vacille. Anna-Claude tressaille. Elle se sent au bout du vertige. Jamais elle n'avait autant épousé les mouvements secrets de l'autre. Chaque mot, chaque geste de la mourante, sont autant de fluides qui libèrent sa vie, l'introduisent dans un monde où elle donne un sens à sa personne, se fabrique une nouvelle destinée, d'autres passés, un patrimoine de vies successives. À chaque pas dans la connaissance de Tanga, elle ramène vers elle des temps déshabités, des pratiques oubliées, façonnées sous le règne de la haine. Elle se dit qu'elle se trouve à la frontière de l'éternité et qu'il lui appartient de léguer aux hommes les ferments de l'Histoire, afin de peindre, en hommage à la femme inconnue, des fresques d'amour. Peut-être qu'au bord du précipice le ciel fera diversion et lui enverra Ousmane.

C'est pour le débusquer qu'elle est venue en Afrique. Pendant des mois, elle l'a parcourue, fouillée, creusée et, dans l'épuisant désir d'étreindre ce qui se dérobe, elle a demandé au ciel l'herbe de l'oubli à appliquer sur les blessures du rêve. Rien n'est venu. À la place se sont amassés autour d'elle les hyènes de la misère d'Iningué, ses spectres déchus, ses horizons en loques, ses vibrations de souffrance. Elle l'a maudite, cette misère. Au nom de l'égalité. Au nom des cercles de lois à disperser. Au nom de l'humain qui doit suivre l'homme comme son ombre. Mais voilà que cette misère qu'elle a jusqu'ici vécue avec son corps emplit son âme. Elle a l'impression qu'elle l'habite avec sa cohorte de désespoirs qui s'apparente à un jour sans aube. Un jour. Une lumière quand même qui lui permet de se situer, de se connaître alors que la poursuite insensée d'Ousmane, cette reconduction incessante du rêve ne lui a pas donné la définition d'elle-même, trop occupée qu'elle est à gravir les échelles du malaise.

Tanga ouvre la bouche.

– Je vois ta pensée.

– Et que vois-tu ?

– Tu apprends à faire abstraction de ton corps, à sentir avec ton âme.

– Et comment le sais-tu ? Ne me dis pas que tu as un troisième œil.

– Sais-tu ce que font les manguiers la nuit, lorsqu'ils sont certains que l'homme dort ?

– Non.

– Ils deviennent des hommes, agissent comme tels et, au deuxième chant du coq, ils récupèrent leurs écorces, s'embrassent, se font un clin d'œil, et s'endorment pour laisser la place à la vie des hommes.

– Jolie fable !

Tanga a un geste égaré de la main.

– C'est ce que tu dois faire, pour mieux connaître cette terre et ses habitants.

– Par exemple mourir avec toi.

– Par exemple.

– Je n'ai pas envie de mourir.

– Je ne te demande pas de mourir. Je veux que tu deviennes un oiseau, que tu planes sur le monde, que tu tourmentes le vent et fasses voler des songes sur chaque oreiller, c'est tout. Mais pour l'instant, je veux te raconter ma mort.

– Je ne veux pas la connaître. C'est ton histoire qui m'intéresse.

– Pourtant ma mort ressemble à la tienne. Elle est la même pour tout le monde, tu sais ? Elle est un corps prude qui se dévoile, s'écartèle, chair innocente qui se dénude, s'éventre, sous des mains savantes. Elle est le nez qui se bouche devant des excréments. Quelquefois, elle est muette et là, ajoute la mourante en claquant de la langue, elle est intéressante. Elle ne voit pas le corps, elle ne voit pas les draps, elle devient le soir qui nous invite dans ses bras pour apaiser notre âme…

– Tais-toi !

– Pourquoi se taire, femme ? Je dois mourir, permets donc à la morte d'ouvrir un œil pour contempler la foule de ceux qui me pleurent. Je regarde à droite, à gauche. Tiens, mais c'est le désert ! Hé non ! Personne ne me regrettera, personne ne débarrassera ma tombe de ses mauvaises herbes.

– Ta mère est là.

– Laisse-moi rire. J'ai nourri son ventre. Mon rôle est terminé. Aujourd'hui je n'existe plus pour elle.

– Il y aura moi.

– Tu n'es pas de cette terre. Tu ne sauras pas.

– Tu me méprises.

– Non. Mais il y a des choses transmises de génération en génération. Elles ne s'acquièrent pas.

– Je sais que je sais. Une intuition.

– Arrête tes inepties.

– Non ! Tu sembles oublier que le sang n'est ni blanc, ni noir. Il est tout simplement rouge.

Tanga ne répond pas. Un long moment passe, vide, creux. Elle dit brusquement à Anna-Claude qu'il est temps de reprendre l'histoire là où elle s'était arrêtée. Et de nouveau, les mots ont comblé l'espace.

En quittant Pieds-gâtés, ce jour-là, je laisse ma pensée courir vers la vieille la mère et ses sottises, puis je l'oublie. Le soleil donne et la rue sent fort. Partout des odeurs de poissons fumés, de bière, de cacahouètes et de rats morts, mélangées, brassées dans l'écœurement. Je chemine en méditant sur ces effluves de bouffe et de crasse. Je me dis qu'ils sont comme l'homme, unis à lui dans le processus de décomposition. Cette idée me tord les tripes. Je me dégoûte. Je marche en détestant chacun de mes pas de femme. Des pas de femme ou de charogne ? Je suis comme elle. Je me repais de ce qui pue et donne l'asticot. Épave pourrie. Chienne perdue. Je suis un grain de sable, l'écorce d'un arbre sans feuilles.

Pourtant j'aime marcher. Toujours j'ai pensé que les pieds sont les ailes de l'univers, toujours en moi la pensée qu'ils portent l'individu vers des zones d'éclosion. Enfant, il m'arrivait de marcher lentement, pesamment, jouissant de mes pas comme des morceaux de chocolat que je laissais fondre sur ma langue, pour faire durer le plaisir. Mais ces pieds que je ramène de chez Pieds-gâtés ont la lourdeur d'un sous-sol fangeux. Ils engloutissent mes rêves et me donnent des pensées inutiles. Ils me conduisent aux routes aveugles, vers le rien. Je ne dis pas cela pour justifier ce qui suit, d'ailleurs je ne m'en excuse pas. Mais j'aime l'air qui sent le savoir. Pas de sens ? Je m'en fous. Quelquefois, je voudrais être le Christ, fille de la lumière calfeutrée, de l'ombre qui éclaire. J'aimerais tant que s'arrêtent les pas du malheur ! J'aimerais que s'ébauche pour moi une nouvelle vie où j'offrirais la mère à un enfant qui en aurait besoin, d'autres enfants encore, l'homme, la maison, le chien, la pie au bout du pré. Est-ce trop demander ? Le Christ non plus n'avait pas de couilles.

Je continue de marcher dans la rue. Je laisse douleur et lassitude me transporter, me mener vers des lieux imprécis. Je réfléchis, je ne connais pas mon devenir, mais je sais que je veux comprendre, vivre, retrouver mes dispositions d'avant, quand, soudain, me traverse l'idée qu'il n'y a rien sur cette terre qui n'ait sa réplique au ciel. Je me dis que si c'est pour vivre une vie de chien au ciel, je préfère tourner l'œil au diable. Je pivote sur moi-même. Je me rends à la place du marché. Elle est pleine. Vendeuses d'épices, de légumes, de beignets, de vieux livres.

Des voitures passent, manquent de renverser des culs-familiaux qui s'écartent en piaillant. Une patrouille de police, matraque en main, disperse des vendeurs à la sauvette. Je continue ma route entre les rangées de tomates, d'ignames, le corps moite, les nerfs rongés. De temps à autre, mes sandales s'enfoncent dans le poto-poto, je les extirpe, éclabousse des marchandes affalées devant des pyramides de légumes. Elles grognent, accompagnent mes pas de cris :

– Fais attention, sale nanga.

Je me retourne. Je leur dis que je n'ai plus d'attention parce que mon père m'a violée. Elles ne s'étonnent pas.

L'autre bout du marché. Une grande bâtisse rongée par le temps : l'abattoir. J'avance jusqu'à coller mon nez contre sa verrière marron de crasse. Murs grisâtres. Grosses mouches vertes. Carcasses suspendues à des crochets. Un homme, engoncé dans un tablier blanc maculé de taches, s'escrime à dépecer un porc. À intervalles réguliers, il s'arrête, souffle, s'essuie le front d'un large mouvement de sa main poilue avant de reprendre le carnage. Gestes droits, précis. Je le regarde. Avec des vagues images qui me viennent. L'enfance égorgée. La vie éventrée.

Un souvenir.

La vieille la mère est au village. Je dors avec le vieux le père. Je me réveille. Nuit pleine. Lumière tamisée. Moustiques. Corps du vieux le père au repos. Je glisse une main sous le matelas. Une boîte d'allumettes. Je l'ouvre. À l'intérieur, des tiques. D'un geste, j'en attrape une. Je la pose sur le cou du vieux le père. Elle pique, suce, gonfle. Quand elle est repue, elle retombe sur le drap. Je l'écrase. Sang sur mes doigts. Sang dans mes mains. Destins brisés. Corps agonisant qui rêve de boire la vie, de grandir pour devenir beau, d'être adulte pour ne plus souffrir.

Je croise les jambes, je croise les mains, je ferme les yeux. J'attends que pénètrent en moi les substances qui fortifient et poussent. Attends-moi, espérance. Je cours vers toi. Ouvre ta grille. Au fond de ton jardin sans fleur, dort une feuille.

Le vieux le père se réveille.

– Qu'est-ce que tu fais, hein ? Tu ne dors pas ?

– Non, Pâ. Je n'ai pas sommeil.

Il bondit sur le cul, furieux, m'impose sa chair flasque.

– Tu me regardes quand je dors, sorcière, sale petite sorcière, hurle-t-il. Fous le camp, dehors immédiatement !

Pourquoi cette perte soudaine de son contrôle ? Pourquoi cette vulnérabilité devant moi ? Dans ce monde qui trottine la tête en bas, l'anxiété donne des trous de comportement.

Le cœur épinglé, je quitte sa chambre. Je m'arrête au salon. Je regarde le plafond, rien que le plafond. Je l'interroge sur le secret de sa hauteur : toutes les pluies d'Iningué peuvent m'arroser, je ne croîs pas. Adieu espérance. Je me suis trompée d'heure, peut-être d'endroit. Mon souffle a chassé la feuille de ton jardin. Adieu mon ami. Sans rancune.

Ce jour-là, après avoir quitté Pieds-gâtés, je reste longtemps à regarder le boucher velu. Violence. Désespoir. Mes fiancés. Ils me possèdent. Je pousse la porte de l'abattoir. J'entre. Odeur de bétail mort, de sang, de moisissure. Je laisse mes yeux s'accoutumer à la semi-obscurité. Je détaille l'homme. Cheveux crépus. Sourcils arc-boutés... Lèvres épaisses. Je m'approche de lui. Il ne lève pas la tête. Mon cœur s'emballe. Je tousse et lui demande d'une petite voix :

– Pourriez-vous me rendre un service ?

– Lequel ? interroge-t-il sans cesser de vider le cochon.

– Enfermez-moi avec le bétail ou égorgez-moi, s'il vous plaît.

– Tiens donc, et pourquoi ?

– Je veux les connaître, oui les connaître pour ne plus avoir à aimer les hommes.

Sans lui laisser le temps de digérer, de comprendre, je me déshabille, je m'allonge sur la table, j'offre le cou. Il lève son couteau, je ferme les yeux, j'attends. Des mouches se posent sur moi et me taquinent. Je perçois le frétillement de leurs pattes sur mes paupières, mon nez, ma bouche. Je viens de retrouver mon état naturel : BÊTE DE SOMME.

Temps immobile, chaud. Il retient, apporte le présent. Un chien hurle. J'ouvre les yeux. Le boucher est là, poings ennuyés sur les hanches.

– Tu es de ces filles que je déteste, dit-il sourdement. Femme ou enfant ? Tu es de celles qui accouchent la merde. Fous le camp.

Courage envolé, j'enfile rapidement mes fringues et tente une retraite en marche arrière, mains en avant.

– Hé ! Pas si vite ! tonne-t-il.

En deux enjambées, il me saisit à bras-le-corps.

– Lâche-moi ! Laisse-moi partir !

– Ah non ! Quand tes parents te laissent traîner dans les rues, c'est bien pour servir, hein ?

– S'il vous plaît, s'il vous plaît.

– Ta gueule ! Voilà des semaines que j'ai mal aux reins. Tu vas me servir de démarreur.

Il baisse les bretelles de ma robe. Il s'agenouille. Il tète goulûment mes seins. Maman improvisée, je m'installe dans mon rôle. Il m'assaille. Maman douce, si douce. Et la maison, le chien, la pie au bout du pré. Et l'enfant-boucher. Mais qu'est-ce qui inonde soudain mes seins ? Est-ce la mer qui dessine des vagues, drapée sur mes reins ? Mais non. C'est l'homme-boucher qui pleure. Que faire, que faire, sinon ajouter le mot au mot afin de mettre un peu de couleur au noir de la vie.

– Allons, ne pleurez pas, calmez-vous.

– Je ne peux pas, je ne peux pas m'en empêcher.

– Un homme, un vrai, ne laisse jamais tomber une larme.

– On ne peut devenir un homme sans avoir été un enfant, tu comprends ?

Je comprends, oui. J'aimerais qu'il soit heureux à en crever ! mais, je n'ai plus envie d'écouter les autres, leurs problèmes. Trop de douleurs m'habitent. Pas de place pour les siennes ! Je réajuste mes oripeaux. Je sors au soleil, fuyant ce lieu de fou, sauvée de ma propre folie.

Le soleil est à son zénith. J'ai chaud. Je ne veux pas rentrer. Je tourne en moi une question, toujours la même : « Pourquoi Mala n'a-t-il pas voulu de moi ? Pourquoi ? » Pas de réponse. La ville flambe autour de moi, étrangère. Je marche au hasard des rues, célébrant sans témoin ma joute avec la désolation. À quoi bon courir après le bonheur à offrir puisque personne n'en veut ? Quelqu'un que Dieu a mis sur terre pour le marier à l'inutile peut crever n'importe où.

Au détour d'une ruelle un homme m'aborde. Il sourit, le regard invite. Je comprends sans qu'il y ait besoin d'échanger une parole, je comprends que la tension de nos corps à cet instant est la même. Je m'enlève et me soumets à son désir sous un porche. Je voudrais que nos plaisirs se rencontrent. Je déroule mes chairs. Pas de sensation. Incolore. Coup classique. Je braque mes sens sur la maison, le jardin, la pie au bout du pré, les enfants, Hassan. Je sais, moi la femme-fillette, que ma mémoire ne doit pas les perdre de vue car lorsque, repu de frissons, l'homme m'abandonnera au seuil de mes angoisses, mon corps devra continuer à chercher l'impossible : la maison, le jardin, le chien, les enfants, la pie au bout du pré, Hassan.

Sueur contre sueur, j'accompagne l'inconnu jusqu'à l'instant du vertige, entre le va-et-vient des rêves qui se traversent. Il me libère, il me perd, je me retrouve vaincue, oubliée comme toujours.

– On se revoit ?

– Non.

– Mariée ?

– Oui.

– Mon épouse est bien jeune, elle aussi. Treize ans. Elle attend un bébé. Ça me tracasse, je me demande par où il sortira.

– Il fallait y penser avant.

Il hausse les épaules, rajuste son pantalon. Que dire dans un pays où tout, même l'air, est prison ? Je regagne le soleil.

La rue est déserte. Seuls quelques babengués, les pas flemmards, flânent et roulent des rires tout aussi fatigués en commentant mes fesses. Les rues, vidées par le début de l'après-midi, ne sont peuplées que du vrombissement des grosses mouches vertes au-dessus des poubelles. Je marche lentement, pesamment. Je veux cerner les événements de la matinée, les noyer dans une végétation luxuriante, vivre enfin. Mon avenir ne peut plus prendre le temps. Mais, à Iningué, la terre ne produit que la douleur enkystée dans la chair.

J'arrive devant notre maison. La vieille la mère est affalée sur une natte. Elle décortique des pistaches. À côté d'elle, la fille ma sœur. Elle a élaboré autour d'elle l'architecture de la femme. Yeux cernés de khôl. Bouche fardée. Peau barbouillée de talc. Perruque. Je la regarde. La minirobe rouge, les chaussures vernies noires hissées sur dix centimètres, le vieux sac à main en plastique rouge de la vieille la mère qu'elle trimbale et fait voler autour d'elle. Elle a l'air important et grave, la fille ma sœur, dans sa façon de se mouvoir. Les pointes de ses seins d'adolescente gigotent. Le reste est immobile. Pas de chair. Tous les dix pas, les pieds se tordent jusqu'à dislocation. Je reste à la regarder, muette, les yeux fixés dans les pourquoi, qu'est-ce qui se passe, de ce regard que seuls comprennent les paumés.

Cinq minutes ? Dix minutes ? Je suis effacée. La vieille la mère aussi. Il n'y a plus que la fille ma sœur rapetissée par une robe courte, criarde, qui va vers des décors qui me sont familiers, les hommes, ces ravins nus jusqu'à la brisure.

– Comment me trouves-tu, Grande ? N'est-ce pas que je suis belle ? m'interroge-t-elle en se dandinant.

– Tu veux vraiment savoir ?

– Oui.

Je la détaille des pieds à la tête, puis je conduis mon regard vers la rue, cherchant les mots pour broyer la laideur, tuer la folie. Perdre la pureté ou perdre le souffle, quelle différence ? Pute-enfant, je le suis depuis le début. Mais je voulais pour ma sœur une vie à la dimension des rêves dont ma tête s'emplissait. Quelquefois, il m'arrivait de l'imaginer en tenue de tennis, raquette en main, portant son corps dans les jardins d'un palais. Était-ce trop demander ? Dans notre vie, il nous fallait une vitrine, quelque chose à offrir, de quoi rêver. Rien que pour se donner l'impression de vivre jusqu'au bout de la vie.

– Tu ne réponds pas, Grande, pourquoi ?

– Tu y tiens, vraiment ?

– Ben… Oui. C'est important.

– On ne doit pas se soucier de ça à ton âge.

– Qu'est-ce qu'il a mon âge ?

– Va apprendre à lire. C'est ce qui te sauvera.

– Tu me prends pour une idiote ?

– Non. Mais ton corps sent encore le lait.

À peine ai-je prononcé ces mots que son teint vire au gris, son visage ramasse l'expression du meurtre, elle crie, hurle :

– Jalouse ! Envieuse ! Sale nanga. T'as qu'à aller crever.

Je ne la comprends pas. Ses mots sonnent dans mon crâne comme une volée de cloches. Elle se penche vers moi. Nos souffles se croisent. Je recule.

– T'as peur, hein, dis ? T'as la trouille que je te vole ton Monsieur John. Dis-lui, Mâ, allez dis-lui que Monsieur John est prêt à m'emmener en promenade.

La perplexité me fige. Des boulons, dans ma tête, sautent. Je perds ma personne ! Explosion d'identité. Se chercher à la mort pour connaître la naissance ! Commencer par les origines pour comprendre la fin ! Inventer un détail, le rafistoler et l'ajuster à son destin. Mais, non ! Je suis jeune et j'ai le sexe ridé. Je tourne la tête vers la vieille la mère. Peut-être… Elle baisse son regard sur ses mains flétries. Elle ramasse une poignée de pistaches. Elle en porte une à sa bouche. Elle la casse. Elle la recrache. Elle recommence, encore et encore…

Moi, la femme-fillette, j'aurais voulu comme une lecture, une dictée à voix haute, répétée de mille manières pour m'assurer que l'esprit ne me fuit pas. Mais les mots de ma sœur sont là, pétillants de folie, gravés en lettres de feu dans ma chair. Je me sens soudain lourde, lourde de l'avoir aimée, lourde de ce corps en adolescence, lourde de regrets inavouables. Il me semble que la lumière singe soudain l'ombre, qu'elle suggère de ma sœur une silhouette indésirable. Blessée, le corps disloqué, je me dirige vers ma chambre, cœur et œil fermés. Je veux m'éloigner de l'enfance de ma sœur, l'enfance éperdue, tendue vers le crépuscule. Je veux fuir, trancher tous les liens, nos souvenirs, nos appartenances. Dormir avec rage. Dormir hors du délire. Dormir. J'entre dans ma chambre. Au moment de refermer la porte, la vieille la mère lance dans ma direction :

– Il faut bien partager le beignet, ma fille !

Le désespoir enferme ses mots.

Une fois seule, je me recroqueville sur moi, attitude favorable pour regarder hors de soi, penser ailleurs. La maison. Les enfants. Le chien. La pie au bout du pré. L'homme. Les baisers. Le tabac. Les odeurs. Tout devient une énumération stérile. Il n'y a plus que la peur et le dégoût du rêve qui part.

Peu à peu j'entre dans une somnolence étrange. Je dors ou je veille. Je suis ailleurs. Je me promène dans le pays où les arbres parlent, se rendent visite et accueillent leur bien-aimé au seuil du crépuscule pour reconduire les gestes d'amour. Les rues sont pleines de nénuphars qui, d'un geste, couchent leurs mains sur ma joue renversée et me racontent les secrets des astres ma mère. Je ne comprends pas, je me dis qu'il n'y a peut-être pas d'esprit, rien que la misère ou le vide. Alors, j'ai donné la tête aux souvenirs.

Avant, quand je devais rencontrer un homme riche, j'avertissais la vieille la mère. Nous organisions mon départ. La maison se mobilisait. La vieille la mère, revêche, se tenait à ma droite et dirigeait les opérations.

– Les chaussures de ta sœur ! tonnait-elle à l'intention de ma frangine, ou encore :

– Son peigne !

Ou encore :

– Son écharpe !

La fille ma sœur s'empressait, furetait sous le lit, derrière l'armoire et ramenait une paire de sandales, un crayon, un rouge à lèvres. Et moi, je peignais un œil, les lèvres. Je ramassais un miroir. J'invoquais l'idée de l'image que je voulais de moi. Elle se présentait, floue d'incertitudes. La vieille la mère s'impatientait, piaffait.

– Dépêche-toi, sinon tu vas le louper.

– Calme-toi, Mâ. Même si je suis en retard, il m'attendra.

– Il faut en profiter ma fille, parce que, quand le temps va te manger, hé hé… Personne ne va plus t'attendre. Même pas un chien.

Je l'écoutais, je me voyais en ruine, un épouvantail qui éloignait même les vautours. Quelquefois, j'étirais les lèvres, grimaçais pour voir la griffe des ans. La vieille la mère me regardait, longuement, les yeux branchés sur hier. Je savais, moi la femme-fillette, je savais que la femme voulait retrouver l'époque de ses seins pointus, de ses jambes souples. Sa vue se brouillait de larmes. Je la prenais par le bras. Je la conduisais au fauteuil le plus proche. Elle se laissait choir et éclatait en sanglots.

– Qu'est-ce que je vais devenir ma fille, qu'est-ce que je vais devenir ?

– Tant que mon cul marche, pas de problème.

– Tu ne me laisseras pas seule, hein, ma fille ?

– Non, Mâ.

– Jure.

– Je te le jure.

Elle se jetait à mes mains qu'elle couvrait de bénédictions en psalmodiant des « Longue vie ma fille, longue vie à l'homme » et des « Merci Seigneur ».

Elle encore, elle avait son ciel au bout.

Moi, je devais continuer mon œuvre. Comploter mon charme. De l'argent, de l'argent pour la vieille. Plaire. Plaire. Plaire. L'idée m'obsédait. Pourtant, je savais qu'il importait peu de voiler le corps qui se dénudera pour faire oublier l'ombre. Je le pomponnais. Il était propre. Il était désirable. Je ne vivais que pour lui. Je le haïssais. Je le traînais dans les rues, cafardeuse, l'attention braquée sur ces cohortes d'hommes, adolescents, jeunes, vieux, ces hommes incapables de monter du cul au cœur. Impuissants de sentiments. Rien que le sexe levé telle une baguette magique. Je passais, je les comptais. Un. Deux. Trois mille. Tumeur des villes. Crasseux. Graisseux. Ils surgissaient dans mon champ visuel, herbus, ridés, imberbes. Ils se relayaient autour de moi, sur moi... Travail à la chaîne. Des yeux comme des billes. Le vice vrillé dans mes reins. L'amour ? Jamais ! Quelquefois, le courage à la bouche, je me plantais devant l'un d'eux et je lançais :

– Et la tendresse, connard !

Il reculait, horrifié, plantait son index contre sa tempe :

– Mais... mais elle est complètement maboule !

Je ne répondais pas. Je laissais mon corps s'éloigner de ma tête. J'enlevais mes chaussures. Je marchais sur le bitume. Les pieds me brûlaient. Je ne pleurais pas. C'était réservé aux rampants, ceux qui avaient eu le soleil en face. J'arrivais à la grand-place.

Elle était occupée par la routine. Couples. Mamans. Gosses. Je n'avais rien à voir avec eux. Liaison rompue. J'allais vers un marchand ambulant. J'achetais quelques graines. Je les éparpillais autour de moi. Des pigeons m'entouraient. Ils picoraient. Je riais, imitais leurs roucoulements. Je voulais être à l'heure pour le jour où Dieu s'apercevrait enfin de son erreur : Oiseau, j'aurais trouvé ma place.

Cet après-midi-là, je reste dans ma chambre à entortiller ces souvenirs. Je me dis que ma vie est un soleil qui pleure, un soleil avec des larmes qui tombent comme une mauvaise pluie et pourrissent mon âme. Des frissons de mort me transpercent. Je tressaille. Pour survivre, il faut enjamber le gouffre de l'oubli. TRANCHER. Couper. Donner un coup de pied dans la famille comme dans une fourmilière et jubiler en regardant les fourmis s'éparpiller.

Nourrie de cette résolution, une encore, une de plus, je m'habille. Je sors dans la rue, tête haute, buste rebondi. Je vais vers Hassan. Je sifflote et fais tournoyer mon sac à main comme ces filles de Blacks congelés dont, à l'occasion de sorties dans la ville riche, j'avais admiré l'aisance encombrante et la niaiserie. Ces filles enfermées dans leur univers de convenances, d'argent et de rires mondains. Je sifflote, je me dis que je suis heureuse malgré le gros cœur et la gorge nouée. Je croise les voisins. Je les salue. Un mouvement de la tête. Un autre de la main. Je veux en finir avec les vomissures de mon corps. Le bonheur pour assurer la survie. Et mes gestes, chacun de mes gestes, parlent des montagnes dans mon cœur, des frissons dans mes reins. Pour être la complice de la chair claire et lumineuse sous l'ombre de la terre, il faut le vouloir. Je le veux.

Un stade improvisé. Deux seaux sans fond fixés à des poteaux de part et d'autre du terrain. Des jeunes gens jouent au basket. Coups de sifflet. Commentaires. Cris.

– À moi, Essomba !

– Ballon Jules !

– Dix à cinq !

Petits trots. Tapes dans les mains. Je m'arrête. Leur joie m'oint d'onguents et d'épices. Sois heureuse, Tanga. C'est pas réservé aux autres, le bonheur. Saisis-le où il se trouve. Plonge dans le bonheur. Coule dans la vague éclatante du jour. Promets au malheur que tu ne l'oublieras pas. Son regard triste. Sa bouche sale. Et ses doigts qui lacèrent tout ce qui bouge. Dis au ciel que tu n'oublieras pas les camarades d'Iningué avec qui tu as vécu la mort jusqu'au rire. Maintenant que tu as souffert, tu sais que la souffrance est une lumière qui se vit en noir.

Une idée me traverse. J'ouvre mon sac à main. Je le remplis de leurs joies, leurs rires. Désormais, je serai heureuse. J'ai le bonheur en otage.

Une griffure au bas de ma jupe. J'attrape l'étoffe. Je la secoue. Faire tomber la bestiole. Mes yeux croisent un regard noisette. Pieds-gâtés.

– Qu'est-ce que tu fais là ?

– Je veux te parler, Gâ.

– T'es culotté, après ce qui s'est passé ce matin !

– Tu veux que je demande pardon à genoux, hein ?

– C'est fait. Fiche le camp maintenant !

– Je veux te parler, insiste-t-il.

Sa voix est douloureuse. Je regarde son visage. Il ressemble à quelqu'un qui n'attend plus. Ses yeux sont dedans, à l'intérieur de lui, tristes.

– On s'est déjà tout dit.

– Pas tout.

– Parle.

– Viens avec moi.

Je le suis, la curiosité au pied. Il m'amène dans une cabane abandonnée. Je me glisse derrière lui. J'ai l'impression de fauter. Je me sens à l'envers de la loi. Je m'assois sur une botte de paille, loin de lui. Il allume une cigarette. Je donne l'œil au seuil du crépuscule. Il tire une bouffée :

– Tu parlais pour de vrai ce matin ?

– Aussi sûre que je suis née.

– Personne n'a jamais voulu de moi.

– Moi, oui.

– Tu ne sais pas ce que tu dis.

– Je veux que tu deviennes mon enfant. Je veux t'élever, t'amener à l'école, te préparer ton pépé-soupe, repasser tes vêtements. Je veux t'apprendre à croire au père Noël.

– Histoire de gosses. Je n'y crois plus.

– Avec moi, il viendra. Nous serons de toutes les Églises, de toutes les religions, partout Dieu nous verra, il sera obligé de nous voir et le père Noël viendra.

Au fur et à mesure que je parle, la foi me vient. Tuer le malheur. Le violer. Le voler. Le spolier. Capturer l'ombre sans fléchir et la soumettre au brandon des saisons, celui qui contient les pigments, tous les possibles du rire. Mais pourquoi le bonheur dans mon sac ne réagit-il pas ?

– Je vais accorder les violons de l'amour, dis-je. On sera ensemble, toujours. J'invoquerai le soleil, je le poserai dans tes yeux.

Je me lève, je vais vers lui, je lui caresse les cheveux. Il s'écarte. Il dessine un cercle par terre en s'aidant de ses pieds.

– Je pense que t'es dingue, complètement dingue. T'occuper de quelqu'un comme moi ? Quelle idée !

– Laisse-moi décider.

– T'es folle, t'es complètement folle, comme ma mère, comme mon père, d'ailleurs je n'en ai pas. Et tant mieux. Ça fait un fou en moins à s'occuper.

Il se tait. À petits silences. Ses yeux partent, loin, loin. En cette époque déglinguée, même les enfants réfléchissent.

– Est-ce que tu ne me prendrais pas par hasard pour ton assurance-vieillesse ?

– Non, Mala.

– Tu me le jures ?

– Je te le jure.

– Tu ne me quitterais jamais, même si le bonheur te rend gaga ?

– Le bonheur ne rend pas gaga.

– Si. Il fait courir tout le monde, t'as qu'à regarder, Gâ, tout le monde en devient fou. Plus d'enfant. Plus de maman. Plus de papa. Rien que l'espoir du bonheur, qui est un accident de la nature.

Ces mots me laissent courte. Des rideaux mal tirés s'étalent dans ma mémoire. Seul passe un rai de lumière insuffisante.

– Tu dis n'importe quoi.

– Je dis vrai. Tout le monde est devenu gaga à cause du bonheur. Il faut pas être très malin pour construire des choses qui n'ont pas toute leur tête. L'autre jour, je suis allé au cinéma. Un film hindou avec plein de morts. J'aime les morts. Au moins tout est calme, comme au paradis. Une femme court trouver son mec qu'elle avait perdu. Elle tombe dans ses bras, elle pleure. Elle dit : « Je suis heureuse... Je suis heureuse. » Des larmes me viennent quand j'y pense. Et puis la même femme pleure à la fin parce qu'on a tué son mec, alors que maintenant elle peut l'enfermer dans un trou et l'avoir pour elle toute seule. Tu trouves ça normal, toi ?

Je ne réponds pas tout de suite, je laisse mon cerveau courir au ralenti, se mouvoir dans un rêve, puis :

– T'as perdu la tête, mon pauvre enfant. Ça doit être le sang de ton père puisqu'on ne le connaît pas.

– Mon père, mon père. Je ne suis l'enfant de personne, moi. Et même que je vais te montrer que j'ai raison. Pieds-gâtés a toujours raison. L'autre jour, Djana le fou voulait m'apprendre à lire et à écrire. Je me suis assis à côté de lui pour rire comme c'est toujours le cas et parce qu'au moins on peut se moquer du bonheur. Voilà qu'il me dit que la terre est ronde et tourne autour d'elle-même. Et je me suis dit que c'est pour ça que tout le monde est gaga. Les grands plus que les enfants parce qu'ils sont des habitués et qu'on ne peut plus rien pour eux. Je peux te jurer vraiment de Dieu que moi, d'un côté je refuse de grandir à cause de cette maladie, mais de l'autre, je me dis que c'est mieux de grandir parce qu'au moins si on tombe, il y a les plus petits pour nous servir de matelas.

Je ferme les yeux. Je refuse de donner corps à sa voix. J'époussette mes vêtements. Je sors vers la lumière. Il m'interpelle.

– Tu ne veux plus t'occuper de moi, n'est-ce pas ? Je savais que tu avais deux paroles... Comme le bonheur.

Je ne réponds pas. Je m'éloigne, terrée dans l'opacité qui me cerne, recherchant en vain des étoiles pour émailler la soie de mes nuits.

Je me suis arrêtée dans une boulangerie. J'ai mangé plusieurs religieuses. Je les déteste. J'ai blessé l'enfant. Je me goinfre. Je mange la vie pour me punir. Je vais aux toilettes. J'enfonce un doigt au sommet de ma gorge. Je vomis.

Un barrage de toux coupe soudain le fleuve du récit. Tanga, les yeux exorbités, la paume contre la bouche, essaye de contenir l'essoufflement en respirant. La vie, encore la vie, tente de se vivre en se déversant en sourdine. Elle se métamorphose, avance sur d'autres chemins, tâtonne, écarte les spectres, prudente, à mesure que la mort étale ses draps. Tantôt à gauche, tantôt à droite, jamais présente, c'est toujours la même chose qu'elle recherche, qu'elle évoque, le souffle viable de l'Histoire.

Dans la lueur faible des bougies, Anna-Claude tente de la retenir. Seuls les frémissements de son corps traduisent son inquiétude face à la naissance de l'inéluctable : la mort. Elle se dit qu'elle saura faire barrage, lui interdire la hâte en élaborant l'architecture des mots. Des mots pour dénouer, détendre et activer la machinerie humaine.

– Je t'interdis de mourir, tu m'entends ? Je te l'interdis.

La mourante esquisse un sourire, de ceux qui délestent et libèrent.

– Ton peuple a su tout définir, tout interdire, sauf ça.

– Laisse mon peuple de côté.

– Tu en fais partie, tu n'y peux rien.

– Si. Je vis, je suis, je peux choisir.

– C'est ce qu'on croit, mais…

– Quoi, femme ?

– Dans mon pays, toutes les femmes ne sont pas des Madames et tous les hommes ne sont pas des Monsieurs. Et chez toi ?

– Devine.

– Je ne sais pas. Je n'ai jamais vu que des cartes postales.
– Que disent-elles ?
– Que le Christ s'est arrêté au Nord.
– Et l'Homme ?
Tanga ne répond pas. La mémoire, traîtresse, lève son couteau et l'étale sur sa bouche tandis que sa main reprend celle d'Anna-Claude, cette main qui donne, qui prend et qui revient délivrer *in extremis* la chaleur. Et de nouveau, l'Histoire est venue ajuster la nuit avec sa nuée de herses et de roses.

Quand j'arrive au lieu du rendez-vous, Hassan n'est pas là. Le café de la rencontre est vide de ce retard. Je me mets à l'intérieur, déjà scellée en moi. Pourtant, autour de moi, l'heure est exquise. Un orchestre glapit sous le rythme du cha-cha-cha. Des hommes, unis par l'amour du vice, mangent des cacahouètes, croquent des œufs durs, s'arrosent de chopes de bière qu'ils vident d'un trait. Et puis il y a la Camilla, ta sœur d'ici. Blanche perdue au milieu des désirs africains. Je ne peux pas ne pas te la raconter. Son nez si droit. Sa bouche si fine. Ses grandes jambes qui vont de table en table distribuer sourires et baisers. Et, comme chaque soir, elles patrouillent, les grandes jambes de la Camilla, ta sœur. Elles patrouillent, se divisent en des milliers de Camilla pour servir à chacun sa portion de seins. Et ils sont beaux. Ronds. Fermes. Ils s'agglutinent dans la pensée des hommes, les harcèlent avant de les rejeter, haletants, entre ses cuisses.

Ce n'est pas une bière qu'ils vont boire dans ce café. Ils vont déguster les seins de la Camilla.

Plus d'une chair à sexe du quartier aurait voulu être une Camilla, avec des seins larges, pigeonnants, ces seins au goût du jour qui se promènent à longueur d'années entre tables et W.-C. De temps à autre, ils disparaissent dans les toilettes, suivis d'un homme, la main sur la braguette.

L'histoire de la Camilla est écrite. Elle est un mélange de douleur et de jouissance d'où s'extrait son corps sans mémoire ni passé, son corps où se meuvent d'autres corps sans tête ni mémoire. Camilla est la femme, la morte d'hier qui m'aurait, à moi femme-fillette, légué son histoire. Elle est mon futur refusé. Elle est le vase à sexe empli de mes dépouilles. Je sais que désormais Camilla sera l'écran entre moi et le désir des hommes. Qu'elle se tienne devant moi ! Qu'ils l'aiment ! Qu'ils m'oublient ! Car il me faut la maison, le jardin, la pie au bout du pré, les enfants.

Toutes ces pensées me traversent et m'exercent à l'attente. Dans la glace, j'observe les déplacements de la Camilla entre deux tours aux W.-C. La beauté de ses seins me pénètre. Elle les tient libres sous un tee-shirt moulant. Elle va entre les tables, se penche pour suggérer aux sexes rivés sur elle la perspective de leur galbe, tape la main perdue, court ailleurs, en réajustant sa jupe, cambre la taille, s'assoit là, croise et décroise ses jambes, vide un whisky cul sec, repose son verre avec fracas, continue sa route entre tables et hommes en imprimant à ses fesses une danse sensuelle. Elles montent, descendent, font la balançoire, retombent. Les hommes applaudissent, hurlent :

– Je t'aime, Camilla !
– Je bave pour toi, chérie !
– Fais-moi oublier ma femme !
– Viens sur mes genoux, bébé !
– Fais vivre, fais-moi vivre !

S'interrogent-ils seulement sur ce qui l'a conduite là ? Savent-ils si le canevas vierge de la femme a été brodé du vert de l'enfance ? On raconte que la Camilla était née de parents alcooliques et qu'elle avait passé son enfance ballottée de famille en famille. Plusieurs familles, c'est mieux que rien.

Ce soir-là, la Camilla continue sa marche entre tables et W.-C., l'air de quelqu'un qui ignore tout de ce monde, hormis la danse des sexes, l'aurore des angoisses. Tantôt debout, tantôt assise, Camilla est toujours la Femme, et moi je regarde tantôt elle, tantôt l'entrée où doit s'encadrer Hassan, la silhouette de cette aube de ma vie et, autour de moi, dans la nuit, commencent à s'entendre les sons intérieurs que je m'imagine avoir perçus dans ses bras.

– Dis mon chou, t'es dans le métier, toi aussi ?

C'est la Camilla. Elle s'est approchée de moi, pour réconcilier nos destins, m'amarrer à l'éternité du désespoir. Je le sens, je le sais. Mais moi la femme-fillette, je veux appartenir désormais à l'amour avec la maison, le chien, la pie au bout du pré, le jardin, les enfants, l'homme. Je ne veux pas reconnaître la Camilla. Je baisse les yeux. Je remue la tête. Je forme la négation. Désormais, oui, je m'accomplirai entièrement puisque j'appartiens à l'ailleurs. Elle me regarde de haut en bas.

– On ne le dirait pas !

– C'est pas marqué sur le front.

– La nuit, tous les chats sont gris.

J'enfonce mon nez dans mon Coca. J'attends le geste de la Camilla, le mot de la Camilla qui va me déshabiller et soumettre ma peau à ce creux de ronces et d'herbes folles où s'était bâtie mon enfance. Les secondes filent. Je suis incapable d'un regard en moi. Qui suis-je ? Où sont passés mes rêves ? Fous le camp, Camilla ! Laisse-moi cacher mes crottes ! Je suis bien, Camilla, assise sur ma morve et ma merde. Tu ne peux pas le comprendre ?

– T'as pas à avoir honte, me dit la Camilla, brisant mon monologue intérieur. J'en connais des plus jeunes que toi, treize ans à peine et qui ont tombé plus d'hommes qu'une vieille chicote.

– Je ne suis pas une pute.

Oui ! NIER, REFUSER. Cela s'impose. Courant coupé. Plus de liaison. S'éloigner du passé. Se ressembler. Mais, je sais aujourd'hui qu'on ne peut pas changer de vie rien qu'en sautant sur un balai. Et j'aurais pu lui dire :

– Tes mots, femme, sont des milliers d'aiguilles plantées dans mon espace pour que subsistent chez l'Homme les souffles de l'âme.

J'aurais pu lui dire :

– Je te donne ma main, femme, ma main ouverte sous tes aisselles, et là, femme, je vais dessiner le plan de la sagesse dans la folie.

J'aurais pu lui dire :

– Femme, la lune va à la lune, vient, grandit et meurt sur une autre lune.

Ces phrases restent cerclées autour de ma langue. Je veux défaire ma vie. Trop de malheurs l'ont nouée. Je veux la repasser, la ranger au bout du sentier tracé par l'amour. C'est utile. Nécessaire. Je veux être la femme sans prix ni pluie, celle qui ferme son cœur sur son homme et jette les clefs. Je veux être de celles qui s'occupent du linge, amènent le chant, portent la lune et proclament au monde le ravissement de l'exploit accompli. Alors, je trouve d'autres mots, je conte l'homme, Hassan. Je déploie pour la Camilla l'histoire d'une passion éternelle. Elle m'écoute ou ne m'écoute pas. Je la soûle. J'invente des détails. Je réajuste les bords. Je la persécute jusqu'aux W.-C.

Un homme pisse en sifflotant. Un autre se regarde dans la glace en grimaçant. Un troisième s'essuie les mains sur son pantalon. Et moi, je tirote sur les mots pour finir mon histoire. Me suit-elle ? Peu importe. Je me convaincs moi, au fur et à mesure que les mots tombent, lavent et purifient mon image. Les odeurs d'urine et de moisi s'infiltrent en moi. Ils me donnent la fièvre. Je n'ai pas de place. Je ne tiens pas en place. L'enfant. La maison. Le chien. La pie au bout du pré. Tout se mêle. Ma salade. J'ajoute du sel dans l'amour aux étoiles. Il faut battre la honte de l'humiliation. Combien de temps ai-je accaparé les mots ? Je ne saurais le dire. Maintenant, nous sommes seules. Nos regards, concentrés sur nos nombrils, s'embrassent sans se voir. De loin nous parviennent les bruits du bar. Rires. Vivats. Applaudissements. Camilla s'est laissée glisser le long du mur, et moi je me suis assise à côté d'elle. Alors, les yeux perdus, la fatigue sur le visage, elle raconte. Elle me dit les horreurs, les assassinats qu'elle avait commis contre elle-même. Elle dévoile cet autrefois enfoui mais qu'elle se proposait de déterrer, de mettre en lumière.

Elle avait aimé un homme, Pierre. Elle l'avait rencontré à Paris. Il était étudiant. Elle était serveuse dans un snack du quartier Latin. Boulot. Télé. Dodo. Elle s'ennuyait. Il cherchait la femme aux cheveux de maïs qui lui servirait d'échelle dans l'ascension sociale. Il était entré dans le café. Elle l'avait repéré. Ses lèvres charnues. Sa peau noire. Ses cheveux crépus. Les profondes rides qui lui barraient le front. Il lui avait parlé tout de suite. Il lui avait dit :

– Je voudrais vivre la vie avec toi.

Elle s'était dit : « J'apprendrai à emprisonner mon ennui. »

Il était temps de quitter l'Europe... Il l'avait emmenée avec lui. Pendant cinq ans elle avait frotté son corps contre le sien. Pendant cinq ans elle s'était ennuyée. Il la prenait. Elle s'ennuyait. Elle pensait à la chaleur trop moite. Aux gens dans la rue. Leurs gestes immenses. Leurs rires sans raison.

Elle s'ennuyait. Les après-midi, entortillée dans un sari, pieds et tête nus, elle s'affalait sur une chaise longue sous la véranda. C'était l'heure de l'alcool. Le boy s'empressait. Un verre. Un autre. Encore, encore. Elle s'imbibait, elle se soûlait. Quand elle était remplie d'alcool, elle se plantait un doigt dans la gorge. Elle sentait l'âcre saveur lui brûler les tripes. Elle ouvrait la bouche et vomissait. Malade, elle se traînait jusqu'à sa chambre, sur son lit. Les yeux révulsés, mains et front moites, elle écoutait les protestations de son corps. Elle disait :

– Je vais mourir.

La peur la prenait, elle revoyait Paris, elle ne s'ennuyait plus. Des promenades le long de la Seine. Des escapades au quartier Latin. Tout lui semblait beau. Chaque miette de sa vie. Beaubourg qu'elle n'avait jamais pu regarder sans que monte en elle la nausée. Pigalle. Belleville. Tout scintillait. Elle disait :

– Il faut que je parte, il faut que je sauve mon sang.

Elle était restée. Pierre était parti. Elle restait seule avec deux enfants.

Pierre. Il n'avait jamais failli. Toujours présent, attentif. Quand venait le moment d'éclosion du fruit de leurs vertiges, il était là, lui tenant la main, l'encourageant, poussant avec elle, hurlant avec elle. Un jour il lui avait annoncé qu'il partait en voyage d'affaires. Elle avait préparé ses bagages. Il l'avait serrée très fort dans ses bras. Il n'était pas revenu. Elle avait reçu une lettre où Pierre lui annonçait son intention de divorcer.

– Mon horloge avait du retard, dit-elle en secouant la tête. J'ai compris trop tard que j'aimais l'homme, que ce pays était le seul lieu exact où je pourrais me supporter, sans faillir, jusqu'à la mort.

Le départ de Pierre l'avait pulvérisée. Au début, le corps défait, elle partait au hasard des rues, des cafés, avec ses photos sous les bras. Pierre. Entre deux verres, deux mots, elle déballait les clichés qu'elle raccordait à son amour. Elle passait lentement un doigt sur les yeux qui la narguaient, sur les lèvres qui l'avaient embrassée, encore et encore, sans assouvissement possible, pensait-elle. Elle secouait la tête pour s'extraire des images trop charnelles qui brisaient les ondes décrépites de sa vie. Elle remontait le temps. Elle le racontait. Méprisante. Triste. Imprévisible. Elle disait qu'il était parti sur un coup de tête et que bientôt, il comprendrait le rôle qui lui était assigné et se soumettrait aux injonctions du désir. Elle disait qu'il était parti pour la punir, pour se venger des nuits qu'il passait à attraper son ennui, qu'il reviendrait bientôt, brisé de trop de lunes passées à imaginer ses odeurs. Il n'était pas revenu. Elle continuait. Puis elle n'eut plus de mots pour dire. Il fallait survivre.

Camilla avait su prendre ses arrangements avec la souffrance, pactiser avec elle. Face à ses labyrinthes, au vide sidéral de l'absence, elle avait su planter autour de l'arbre à chagrin l'ordonnance de la survie. Elle ne savait plus pleurer, elle ne savait plus rire. Seule persistait la chair. Autour d'elle, elle avait reconstruit l'édifice de sa raison. Le corps lourd de l'empreinte de Pierre, au hasard d'une rencontre, elle allait dans une chambre, sur un lit, dernier point de rencontre choisi par l'angoisse. Des hommes passaient. Elle ne demandait pas qu'ils promettent l'éblouissement, les sensations. Elle mordait leur désir. Elle voulait qu'ils l'abandonnent au petit jour, le ventre dévasté, incapable du sentir. Et toujours, elle allait de l'avant, frottant son désespoir à leur solitude. Elle disait « encore, encore », ils prenaient, découvraient jusqu'à satiété la vase chaude qui les accueillait. Éperdus de reconnaissance, ils la gratifiaient d'un baiser dans le cou, d'un billet de banque, d'un verre au comptoir. Au fil des jours, les hommes succombaient, elle devenait une drogue, sa réputation se taillait, géante, à la dimension de la femme :

– Avec la Camilla, on est presque repu rien qu'à la regarder.

Mais la Camilla pensait à Pierre. L'abandonneur. Elle disait qu'elle avait le désir de lui, un désir né de l'ennui mais un désir quand même et qui se refusait à mourir. Elle disait qu'elle noyait, dans l'abondance des spermes, chaque moment où Pierre, haletant, s'était déversé dans son ventre. Elle disait que son corps se transformait à son insu en vase, dont le fond... eh bien dont le fond nourrissait sa rancœur pour l'homme.

Aujourd'hui, Camilla s'est bâti un empire et a un fixe. Un client qui venait une fois tous les quinze jours réclamer son dû. Elle le lavait, elle le cajolait. Je comprenais ? Le fixe était le minimum garanti. Chaque ouvrier n'avait-il pas un smic ? Elle ne faisait pas exception. Et puis il y avait ses enfants. Ses deux enfants qui habitaient avec elle, dans sa chambre. Elle les soûlait au valium et au whisky quand elle recevait. L'aîné, Paul, sept ans, était déjà un homme. Il servait de baby-sitter à sa frangine. La vie est tellement dure !

Combien de fois avais-je entendu ces mots ? Une fois, mille fois peut-être ! Et toujours l'impression qu'ils étaient la propriété de quelques dieux implacables. Et toujours ce pouvoir de me ramener au passé.

Quand j'étais enfant, la vieille ma mère s'installait sur une natte. Elle faisait craquer ses doigts, elle soupirait et laissait échapper :

– Que la vie est dure !

J'écoutais, je frémissais. Je regardais les profondes marques qui barraient son front, les commissures affaissées de ses lèvres. Je me levais, je prenais un marteau, j'allais par les rues, par les chemins tortueux, briser les cailloux, les murs de la peine. Toute la journée, je brisais, je saccageais. Je voulais que s'anéantissent les vibrations mauvaises de la vie. J'espérais, je frappais. Arches. Voûtes. Cloîtres. Quand mes mains avaient perdu les couleurs possibles du repos, je revenais vers la vieille ma mère, fière de moi, soutenue par une joie silencieuse que j'essayais de lui donner. Je la questionnais. La vie était-elle toujours une pierre ? Oui ! Je repartais plus décidée que jamais, dure parmi les durs. Je ramassais les cailloux, je les entassais dans un sac et les déversais sur le bitume. Une voiture passait, encore une autre et encore… Je regardais mes pierres. Intactes. Je prenais ma tête entre mes mains et je riais. Mon sang pleurait au fond et pourtant, je riais, je riais de l'obstination des adultes à garder les tonalités douloureuses du monde.

Ce soir, dans les toilettes du bistrot, j'aurais pourtant aimé briser le mur du chagrin pour faire pénétrer dans le corps de la Camilla la cohorte de l'espoir. Mais je ne peux rien faire, je ne dois rien faire, trop occupée à déchirer le voile de mes propres angoisses. Elle me sourit et me dit qu'elle aimerait être moi, mettre son sexe au repos, rien qu'un jour, afin que dans son ventre arrive le sommeil. Elle dit qu'elle pourrait exister, vivre dans un monde différent, où les hommes regardent pour dire au lieu de toucher, toucher jusqu'à imprimer dans son ventre la blessure, le feu. Mais c'est ce qu'elle voulait pourtant ! Qu'ils la broient ! Qu'ils la tuent !

Est-ce que je la trouve belle ? J'acquiesce. Elle se lève aussitôt, soulève sa robe pour me montrer son ventre où poussent de fins duvets jusqu'à la naissance des seins. Les hommes adorent ça, me dit-elle en les tiraillant et en se souriant à elle-même. Je regarde. Une colère soudaine m'étreint.

– De toute façon, vous les Blancs, vous naissez propres, le bonheur à la bouche.

– Tu te trompes.

– Bof !

– Des enfants abandonnés, des chômeurs, des putes, des femmes battues, il y en a aussi dans mon pays.

– Le gouvernement est là. Il vous protège.

– Oui. Même de la vie, dit-elle amère.

– C'est mieux que la détresse.

– Qu'en sais-tu ? Les indésirables, chez vous on les utilise, chez nous on les enferme, on les parque. C'est pas mieux.

– Si.

– Sais-tu ce que c'est qu'un asile psychiatrique, une maison de repos, un centre de correction, un orphelinat ?

– C'est mieux que rien !

J'élève la voix. Elle me regarde. Comment lui expliquer qu'enfant je rêvais de partir dans son pays, sans bagages, parce que là-bas il y avait la Sécurité sociale pour moi et même pour mon chien ? Comment lui dire qu'elle piétinait les illusions de l'enfant ?

Autrefois, Paris était mon refuge. J'y allais à pied chaque fois que les aberrations du monde m'attrapaient. J'appelais mes copains. Je leur clamais Paris, la belle vie qu'on aura. Le départ pour Paris est la plus belle chose qui me soit arrivée dans ma putain de vie. Je me voyais même bébé, couchée dans un vrai berceau. Quelquefois, je tapais dans mes mains, je devenais grande rien que pour croquer la pomme de France et le jambon. Ensuite je redevenais petite dans mon berceau, ma tétine à la bouche, et j'avais de vrais sourires.

J'organisais le départ pour Paris comme une expédition. Nous nous réunissions sur la place du village, nous les enfants, poignée de graines inféconds, nous ignorions alors que nous n'avions d'autres espoirs que de brandir la banderole de l'imagination.

– On va foutre le camp d'ici, les gars, disais-je.

– Pour aller où ?

– À Paris.

– Encore !

– Cette fois, on ira jusqu'au bout, les mecs.

– Tu dis toujours ça, me disait Gal, un trouillard.

– Personne ne te demande de nous suivre.

– Z'adore ça, disait Ningue qui ávait ses dents gâtées, z'ai envie de manzer des pommes.

– Et avec quoi ? interrogeaient les autres, moqueurs.

– Du calme les mecs. En route, si on veut arriver avant la nuit.

Enveloppés dans nos guenilles, nous nous divisons par groupe de quatre ou cinq. Nous entrons au supermarché. Certains distraient les gardiens. D'autres chipent des pommes. Nous les ramenons au hangar. Nous les comptons. Nous les enfermons dans un carton. Nous l'enterrons. Il y a un moyen d'aller à Paris sans prendre l'avion : c'est d'enfermer ses symboles dans une tombe. Et voilà que la Camilla veut saccager mes fuites en arrière. Je me lève. Je rabaisse sa robe qu'elle tient roulée autour de ses reins. Ses yeux me regardent, ils ne comprennent pas, je l'embrasse dans le cou.

– Tu es belle, Camilla.

– Les hommes me le prouvent.

– Tu aurais dû rester chez toi.

– Et pourquoi donc ?

– Tu ne serais pas là à tramer, à souffrir.

– Ici au moins, j'existe. Tu comprends ?

– Tu seras toujours une déplacée.

– Au moins, je peux inventer des espaces vides et les bourrer de vie.

– Et tes enfants ?

Prise au dépourvu ! Ses traits se minent. Elle ne se ressemble plus. Elle détourne les yeux pour ne plus se voir. Elle traîne sur ses fesses. Elle attrape un balai. Elle l'entortille de papier toilette. Elle le couche sur son cœur. Elle le berce. Elle pleure.

– Dors mon bébé, tout doux. Maman va vers toi. Les nuages te serviront de berceau. J'arrangerai ton lit sur les nuages, là où clignotent les cœurs. Dors mon enfant, dors mon enfant…

Il y a des choses dans la vie qu'on commande mais dont on refuse de payer l'addition. J'esquive le chagrin de la femme. Je prends un papier toilette, je balaie la pluie de ses yeux. Je recule. Je veux fuir l'effroi de la scène et, déjà, l'éclat bleu de ma robe se balance vers la porte. Le rire de la Camilla me saisit. Plus tard, j'apprendrai que ses deux enfants sont morts dans l'explosion d'une bouteille de gaz. Je la respecte pour cela. Dieu me pardonne.

La foule a grossi. Elle frissonne dans l'attente de la Camilla. Je glisse dans son désir sans le toucher, sans y coller aucun plaisir. Hassan est là, dans un costume gris, accroché à la lecture d'un journal. Je m'approche de lui, jusqu'à la limite où se reconnaît la tendresse possible. Mes yeux se hérissent de tessons. Ils la déchiquettent. Sa tête. Ses mains. Ses pieds. Laids ? Laids. Vulgaires ? Vulgaires. Je remonte l'horloge du souvenir. Pas de coïncidence. Un autre homme. Il n'y a plus que le rêve à aimer.

Serait-ce par ennui ou par désespoir que l'on se peint un tableau à vivre ? Je m'abstiens de pleurer. Mon amour, je le veux fort, capable de se nourrir de lui-même. Je veux vivre entourée de tout ce que ma mémoire édifie sur l'amour de l'homme. Lier les formes du dedans, les dérouler en formes du dehors. Pas de bon sens. Je veux m'ancrer au milieu de mes songes, m'élever au-dessus du destin. L'histoire doit être. Récuser les éléments perturbateurs, impropres à l'édification de l'état de grâce. Plonger dans la rêverie pour franchir le seuil de l'univers impossible. Inventer.

Mais n'est-ce pas le propre de l'enfant mort-né que de se raconter des histoires tout en forniquant ? Que faire dans un pays où les adultes, incapables de résister aux suggestions de la misère, ont aboli l'espace du réel ?

Je remets mes désirs à l'endroit, à l'instant où j'ai rencontré Hassan pour la première fois. Je mouille mes lèvres. Je défroisse ma robe.

– Salut ! dis-je en lui plaquant un baiser sur les lèvres.

Il lève le regard sans répondre. Son front est attaché. Je sais, moi la femme-fillette habituée aux caprices des hommes, à leur humeur mauvaise à l'égard de la femme qui manque à son devoir de soumission, je sais, rien qu'en voyant sa mine dure, je sais que le désordre fermente à petite distance de nous. C'est le moment ou jamais de transgresser les lois, de dégainer le poignard de la défense.

– Qu'as-tu ? Tu n'es pas content de me voir ?

– Si. Mais…

– Mais quoi ?

Il tripote le journal, triture la nappe.

– Voilà une demi-heure que j'attends.

– Mon esprit te cherche depuis plus de vingt-quatre heures, tu as pensé à ça ?

Puis :

– Je t'aime. Puisque je t'aime, parle-moi de moi, dis-je.

Je tire une chaise pour m'asseoir et accorder à l'ouïe le temps qu'il faut pour écouter et imprimer l'allégresse sur le cliché de ma mémoire. Je sors une cigarette. Je l'épingle entre mes lèvres. Hassan s'empresse de me tendre le feu. J'envoie des bouffées dans sa direction.

– Alors ? dis je.

– J'aime pas attendre.

– Arrête. T'as fait que ça depuis que t'es né. Comme tout le monde. Attendre ! Attendre ! Et c'est le temps qui gagne toujours la course. Il faut…

Les mots se coupent sur ma bouche avec l'entrée de la Camilla. Nos regards se croisent. Ils se frottent, durent, durent et résonnent en moi. Mes pensées s'écrasent. Mes nerfs aussi. Je veux partir hors d'elle. Mes sens agités me ramènent à elle, vers nos yeux qui sont là tel un rideau suspendu entre deux portes entrebâillées. Le doute me harcèle : je crains que ce regard les ouvre, nous mêle, me dévoile.

– Tu la connais ? interroge Hassan en pivotant le regard vers la Camilla.

– Non.

– Tant mieux. Je déteste la femme qui fait boutique de son cul.

Il se lève, plie le journal et nous entraîne hors du café, moi et mon mensonge.

La nuit nous accueille. Humide et complice. Je ne résiste pas à son épaisseur de tombe. Je veux enterrer mon mensonge sous un amas de pierres et en prendre la posture et la situation en attendant les noces de la délivrance. Je veux poser délicatement les pieds pour ne pas faire sonner les carillons du passé. Je veux parler sans mots, clouer aux semelles de la boue les caresses où mon corps s'est offert pour nourrir la vieille la mère. Je veux ensemencer l'immortalité pour que le passé tout entier s'y noue et s'y dénoue avant de se déchirer.

Mais l'écœurement d'exister est la plus solitaire et la plus tenace des tares humaines. Il vide le corps de toute joie, tue toute sensation d'espoir ou tout ce qui peut lui ressembler, le laisse retourner aux territoires mortuaires de l'os avant d'y sculpter la haine.

Où es-tu, bonheur ?

Je me dis : « Tanga. C'est la faute du vieux et de la vieille si tu en es là. C'est leur faute si tu es condamnée à la boue. »

Et là, au côté de Hassan, la haine est venue. D'abord par petites touches. Je réapprends la première colère. Mon cœur se harponne. Mes chairs se resserrent. Maladie chronique, j'en reconnais les symptômes. Le mal approche. En rouge. En noir. En gris. Toujours égal, taillé à ma personne. Il me pénètre, m'enfonce son dard, me dépossède. Je ne me reconnais plus. J'ai beau me contrôler, je ne peux m'empêcher de rechercher les faits qui m'empoisonnent et me tuent. Je deviens le scorpion dément allié des ténèbres. La quête du mal. Toujours la quête du mal. Elle me donne la mémoire. Des images défilent sous mes yeux. Le passé, toujours le passé, m'assaille.

J'ai six ans. Soleil. Humidité. Je trottine à côté du vieux le père. Je presse le pas pour m'ajuster à sa hauteur. Il m'emmène chez la femme-maîtresse, la poissonnière. Dès qu'elle nous voit, elle avance vers le vieux le père, son torse nu luisant d'huile de palme, sa cambrure accentuée, ses hanches souples. Elle lui prend la main, la pose sur ses seins. Il la détaille, les yeux comme des torches, il l'embrasse, il dit :

– Tu chasses le crépuscule, je me sens redevenir jeune.

Elle rit, tape dans ses mains en faisant tinter ses bracelets, baisse son regard vers moi, me caresse les cheveux, me tend un ballon gonflable, entraîne le vieux le père vers le lit qui bientôt grince sous leur poids.

La flèche qui me traverse et m'enterre, comment la décrire ? Comment la nommer ? Jalousie, sans doute. Mais surtout haine, aversion de ce qui bouge et donne l'émotion... Mort à la famille tout entière !

Je m'écroule dans un coin. Je bouche les oreilles sur le lit qui pleure, sur les respirations qui montent. Je ne veux rien voir, je ne veux rien entendre. Je souffle dans le ballon. Il gonfle, gonfle. Je me dis que c'est comme le ventre d'une femme qui attend un bébé, je mords dedans. Il éclate, le vieux le père sursaute, se retourne vers moi.

– Qu'est-ce qui se passe ?

Sa peur me donne à rire. Il libère sa compagne. Il bondit à mes côtés. Il me gifle. Mes yeux se brouillent de larmes. Mon rire enfle. Qu'importe mon état réel ? Dans sa précipitation, le vieux le père a oublié de remonter son pantalon. Il trébuche en allant rejoindre la poissonnière. Il avance à pas entravés, épaules contractées, fesses pincées, s'abat sur le lit. Mon rire se casse. Je me recroqueville dans mon coin. La place de l'enfant.

Comment vivre dans un pays qui marche la tête en bas ? Se tourner vers le ciel ? Il se tait, obstinément. Les hommes se soûlent au jojoba et s'évertuent à blasphémer contre un Dieu oublieux. Prisonnières dans les barbelés des traditions, les femmes rôdent par les rues boueuses, suivent toujours et encore des sexes qui les écartèlent. Quant aux gosses, ils laissent la mort les prendre, vieux d'avoir pilé trop de kwem pour nourrir les parents.

Je sursaute. Le bras de Hassan s'est collé contre ma taille. Sa voix me ramène à la réalité.

– On va à l'hôtel ? me murmure-t-il au creux du cou.

– Non !

– T'es pas bien avec moi ?

– Si. Mais tu dois apprendre le désir dans l'absence.

– Je te veux, petite, dit-il en me prenant dans ses bras.

– Laisse-moi tranquille. Je ne suis la petite de personne.

– Eh bien, va au diable ! Je me demande si tu sais aimer, si en fin de compte ton sexe ne s'est pas émoussé en même temps que ta raison.

Je hausse les épaules. Il s'éloigne. Je reste au coin de la rue. Je m'adosse à un mur, je renifle fort pour ne pas sangloter, le visage dans les mains, avec la trouille bleue de rester sans lui, sans personne. Je crie son nom. Il ne se retourne pas. J'essuie la morve qui me pend au nez, je cours le rejoindre.

Une chambre d'hôtel. Murs tapissés de rouge sang de bœuf. Au fond, une armoire à glace aux bordures rouillées. Au sol, un tapis élimé orné de danseuses à la chair rose. Au centre, un grand lit flanqué de chaque côté d'une lampe de chevet. L'une en plaque de verre dépoli diffuse une lumière tamisée. L'autre, cassée, a son abat-jour remplacé par une plaque en fer noir criblée de trous lumineux.

Hassan verrouille la porte. Il me serre dans ses bras. Je le repousse.

– Parle-moi.

– Tu ne vas pas recommencer tes conneries ? Tu oublies que dans quelques années, tu ne seras plus rien. Tes seins, tes fesses, ton ventre, tout ça va tomber. Profite du moment. Garde à chaque chose son temps et sa place. C'est la voie de la sagesse.

– Je m'en fous de vieillir. Et j'en ai marre de rencontrer des gens qui trimbalent la ville, le village et le sac d'os des ancêtres sur le dos. Tous des morts vivants. Où sont les vérités ? Qu'en serait-il si le soleil ne se levait pas à l'est, si la paille pesait plus lourd que la pierre ?

– Écoute ma vieille, j'ai assez de problèmes comme ça. Et quand je suis avec une jolie fille, j'ai envie de tout autre chose.

– Fendre mon sexe, bien sûr ?

– Non, l'aimer. Mais, vous les femmes, vous êtes comme le vent. Vous passez et vous nous laissez seuls avec nos angoisses.

– Me trouves-tu femme ?

– Je ne sais pas. Mais désirable, oui. Ça devrait te suffire.

– Non !

– Je n'ai rien d'autre à offrir.

– Si. Ton amour.

– Il est fêlé. Autrefois, je sentais, je souffrais, je vivais. Une femme est venue, elle est partie. Je te le répète, je n'ai plus rien à offrir.

– Donne-moi une chance.

– Une chance. Pour quoi faire ?

Je ne réponds pas. Comment lui dire la maison, le chien, le jardin, la pie au bout du pré, l'homme, les enfants ? Comment lui expliquer que ses brisures représentent ma survie et que je suis prête à recoller avec soin les morceaux de son être pour qu'ils s'emboîtent l'un à l'autre ? Je soupire et me laisse partir à la renverse sur le lit. J'attends qu'il me possède. Il s'effondre sur mes seins. Il m'embrasse les paupières, les lèvres. Pourquoi ces gestes de tendresse si je ne suis qu'un morceau de viande ? Il dit que des images d'alcôves le submergent et que mon sexe presque imberbe attise son désir. Je me tais. Il dit qu'il va me sculpter à ses désirs et que, désormais, j'exigerai de l'homme les mouvements qu'il m'aura appris. Je me tais. Il se lève, sort de sa poche un rasoir et s'attaque à ma toison, le peu que j'ai. Je ne bouge pas. J'abandonne ma vasque de chair à ses doigts et le laisse modeler d'autres images de moi. Il s'arrête, contemple son œuvre, m'adresse des compliments d'une voix lourde avant de s'effondrer de nouveau sur moi et déchirer mon sexe d'un coup brutal.

Aucun cri ne sort de ma gorge. Seuls me peuplent les bruits de la nuit. Rires. Bribes de mots. Un balafon au loin. Martèlements. Il me lâche, roule sur le dos, essoufflé. Je me lève pour le quitter, il me retient, m'attire contre lui :

– Qu'est-ce que t'as ?

– Je veux fermer ma mémoire. Elle me persécute.

– T'es vraiment compliquée. D'ailleurs les femmes d'aujourd'hui ne sont plus que des sacs à problèmes. Et elles appellent ça LIBÉRATION, ajoute-t-il, sarcastique.

– Si tu m'épousais, je n'aurais plus de problèmes.

– T'épouser ? Mais t'es complètement maboule, ma vieille ! Sais-tu ce qui t'arriverait ? Tu perdrais ta beauté. Comme toutes les autres.

Et, pour me décourager, il évoque les femmes-mères, assises sous les vérandas, le ventre flasque. Il dit leurs seins bas, leur voix acide d'épouses déçues et qui peu à peu sombrent dans le mutisme. Même pas de larmes pour pleurer le manque de plaisir ! Plus de sexe ! Ravi par l'époux le jour du mariage ! Est-ce ce que j'attends de la vie ? Je ne réponds pas. Je me lève, le corps sans force, broyée par l'étau du désespoir. J'enfile mes sandales. Je détaille la tache noirâtre sur les draps, conséquence de nos ébats. Je pivote sur moi, en direction de la porte, vers la rue. Hassan ne me retient pas. Je ne l'ai jamais revu.

L'espoir étouffé dans sa coque. Nuit noire. Je ne me souviens pas très bien des noms des ruelles qui s'ouvrent sous mes pas. Mais je sais que cette nuit, la désespérance a la puanteur d'un désert froid.

Dans la rue j'ai joué à l'automobile. J'ai couru, les poings serrés, comme pour écraser tout le monde. J'ai bousculé quelques ivrognes. Ils m'ont soufflé dans le dos :

– Fille de pute ! Charogne ! Vermine !

Puants, à vomir, comme leur tête. Un babengué s'est placé sur mon chemin. Il m'a barré le passage. Je lui ai craché dans la gueule avant de filer à toute vitesse. J'ai chaud. Le vent frais du soir colle mes fringues sur ma peau. Dans le velours de la nuit j'ai l'impression d'être légère, immatérielle, une ombre presque. Je veux assister à la mise en péril du corps par le corps. Détruire. Saccager. J'invoque la déflagration qui va apporter l'anéantissement. Tout piétiner pour n'avoir de la vie que son idée. Je me suis arrêtée devant une porte cochère. Un gardien de nuit. Je m'approche de lui. Il dort le visage au ciel, la bouche ouverte. Je veux lui parler. Ça ou autre chose... Je l'enjambe, je vais, je viens, je fais semblant de chercher un objet perdu. Je repasse. Je le heurte. Il se réveille en sursaut.

– Y a un voleur ? interroge-t-il en s'épouillant les testicules.

Je dis non, mais qu'on pourrait être associés et faire du bon boulot ensemble. Il se réveille tout à fait.

– Que veut la Gâ?

– Du business, mec.
– Dans quoi ?
– Déménagement.
– Explique.
– On pourrait par exemple déménager tes patrons. Personne ne te soupçonnerait.

J'ai à peine le temps de dévaler ces mots qu'il part dans une détente animale. Je relève ma robe au pied, je file, bride coupée, dans la rue. Une flèche siffle à mes oreilles et ricoche sur le goudron. Il hurle :

– Sale nanga ! Voleuse ! Canaille ! Enculée de femme ! La prochaine fois, je te troue la peau des fesses !

J'ai couru jusqu'à sentir mon cœur partir. J'ai vu un caniveau. J'ai pissé en chialant, de joie. Je viens de servir à quelque chose : le gardien aura une gratification.

Quand je rentre à la maison, la vieille la mère est là, affaissée sur une natte, un bonnet sur la tête pour se protéger du fantôme du vieux le père. Les vieillards de la famille l'entourent. Ils sont tous là, miteux, cafouillards, encombreurs de l'infini, tassés sur leurs os, ils sont là à saccader leurs carcasses en crachotant des maximes. Ils sont tous là, des cousins, petits-cousins, arrière-petits-cousins de Kadjaba Dongo, ma grand-mère. Médé le borgne. Essoumba le paralytique. Wolvegang le menuisier. Et leurs bras gauches, leurs femmes. Et d'autres encore. Tous des vieux séniles d'Iningué qui distillent la mort, tapis sur leur bout de natte. Dès qu'ils me voient, ils déplient leurs os, lèvent vers moi leur visage de tombe et s'exclament en chœur :

– La voilà !

Je lance mes pas dans la pièce, l'esprit fixe, le corps douleur. Ils m'ordonnent de m'asseoir pour le grand conseil de famille réuni pour examiner mon cas. Je tire une chaise, je m'écroule, le regard serré vers le sol. Le plus grincheux, qui n'a plus d'âge tellement il s'oublie, clopine jusqu'à moi, sa canne à la main. Mâchoire vide, je prends son souffle d'agonie dans les narines.

– Youuuuyouu ! tonne-t-il.

Il frappe trois fois le sol de son pied, lève sa canne, invoque l'esprit des ancêtres pour obtenir le silence. Encore quelques murmures. Un pet. Un rot. Puis le calme.

– Mes chers frères. Nous sommes là ce soir pour amener la raison dans la tête de cette enfant.

– Mmmmmm, approuvent les autres en remuant la tête.

– Merci père, dit la vieille la mère en se mouchant.

– L'enfant veut nous tuer de faim, nous qui lui avons mis la vie dans la gorge. Même nos morts ne l'acceptent pas.

– Mmmmm, renchérit la masse.

– On veut justice !

– Mmmmm.

– Ce corps, si Dieu l'a fabriqué comme il est, c'est pour qu'il serve. Et il doit nous accompagner jusqu'au trou !

– Ywéééééé ! hurle la foule soudain excitée.

Je ne veux plus rien entendre, je ne peux plus prendre le temps de l'écoute. Je prends la clef des champs, vers ma chambre. La fille ma sœur n'est pas rentrée. Je m'enferme à double tour.

– Ouvre ! Ouvre ! ordonnent-ils en tambourinant contre la porte.

Aucun mort n'est plus muet ni plus rigide que moi. Je me mets hors des cercles de leur contrôle, de leurs lois. Ils frappent, hurlent, vocifèrent. Ils disent qu'un jour je crèverai dans un caniveau et que vautours et hyènes ne voudront pas de mon cadavre. Je me tais. Ils disent que mon ventre pourrira avant le crépuscule et que mes enfants auront la malédiction du silence. Ils piaillent, grouillent, poussent des horreurs, ces écorchés de la mort. J'ouvre mon sac à main, je sors un billet de mille francs, je le glisse sous la porte. Un grand silence. Je les entends plier bagage les uns après les autres. Et la litanie larmoyante de la vieille la mère :

– Je vous l'avais dit, je vous l'avais dit ! Cette enfant est née d'une sécheresse !

Je me laisse partir à la renverse sur mon lit. J'allume une cigarette et joue à diluer le nuage de fumée qui me tombe sur les yeux. L'idée me transperce que je pourrais peut-être y noyer mon passé. Le vieux le père, lui, enterrait son présent. Son regard était fixe. Il pensait que l'origine de toute vie était illusion. Manger et boire de l'illusion. Il y excellait. Il se racontait des histoires à lui-même, des histoires en puzzle où il apparaissait architecte, constructeur de route, chef de chantier. Quand il ne courait pas les pagnes, il se faisait photographier, vêtu d'un pantalon pattes d'éléphant, d'une veste à carreaux et les yeux enfouis derrière d'énormes « Ray-Ban » *made in* Macao. Il s'immortalisait. Aujourd'hui devant une tour Eiffel, demain sur un Champs-Élysées, hier devant une Madeleine. Monuments en papier mâché, atrophiés comme Iningué. Il envoyait les photos au village dans des enveloppes roses en inscrivant au dos, d'une écriture maladroite : « Pour ceux qui sont restés au village, garants de la coutume. » Le cœur nerveux, hennissant, il se tournait vers la vieille la mère :

– J'ai réussi dans la vie, moi. Qu'est-ce qu'ils doivent m'envier !

Il frémissait, donnait à son visage le temps du bonheur léger. La vieille la mère hochait la tête, souriait et reprenait son ouvrage.

Dans mon pays, le passé s'est fermé, le futur aussi. L'identité s'est arrêtée à la frontière entre hier et aujourd'hui. J'écris quelquefois au ciel pour lui demander la recette du rire.

Plus jeune, j'enviais les flics. Ils représentaient la force qui me permettrait de lutter contre la décomposition et de retrouver la route des étoiles. Je rêvais du flic, l'émerveillement du coup de crosse, la fièvre de la filature, le soleil du galon. Comme au cinéma, quand ils entrent et tuent les méchants. Puis, un jour, les flics sont venus. L'univers a basculé. J'ai appris, depuis lors, que dans la nuit chiens et loups se ressemblent.

Alors, j'ai cherché ailleurs. J'ai fouiné la terre pour essayer de comprendre. J'ai passé mes journées anniversaires à trouver des mots qui allument, à descendre leurs abîmes, à grimper leurs sommets. Rien. Toujours rien. Même pas de murs pour arrêter la chaleur. Puis il y a eu l'homme, Kamgué. J'avais douze saisons. Il en avait seize. Il m'apprit des mots : Injustice. Misère. Oppression. J'écoutais, je souffrais. Ensemble, nous sommes allés par les rues, cailloux en main, une armée d'enfants en guenilles derrière nous. Des vitres volaient à notre passage. Des pneus brûlaient. Les adultes fuyaient, se cachaient derrière les rideaux baissés des magasins. Nous hurlions :

– Du mil ! du mil !

Du bruit de nos cailloux naquirent des silences. Épais. Puants. Morbides. Les flics sont venus chercher mon ami. Ils l'ont suicidé. Devant l'horreur certaines gorges s'apprêtaient à vomir leur dégoût, mais le silence des canons s'engouffra en eux. Les autres, tous les autres, scellèrent le mot. Pour ne pas être tentés de dire et de voir, ils jouèrent à l'autruche. Rien vu. Rien entendu. Même pas l'aboiement fumant des fusils.

Le sous-préfet convoqua le vieux le père.

Je me souviens. Un jour cendreux. Pluies et vents. Maudit soit-il ! Brume. Inondations. Dans les rues, tintements de bouteilles vides, fracas de tôles arrachées par la tempête, roulements de boîtes de conserve. Le vent tord les manguiers, éparpille sur l'eau feuilles et branchages arrachés par la mort pressée. La vieille la mère se dépêtre avec un igname. Mon père, revenu depuis peu de son entrevue, marche sur des pointes. Il soupire. Il renâcle. Il gesticule. À voir ses mouvements saccadés, je nage déjà dans le flot des insultes qui vont m'engloutir. Je me recroqueville dans un coin. Faire obstacle. Attendre l'instant de son verbe qui va me clouer dans le silence du respect obligatoire.

À la nuit pleine, la parole est encore absente, je commence à espérer le silence absolutoire où l'âme montera au ciel sans effleurer le purgatoire. Je me débarbouille de mes angoisses. J'escalade déjà les marches de l'espoir quand la vieille la mère se propulse devant moi, révulsée, retournée jusqu'au cœur :

– Ah !... Ingrate. Comment as-tu osé ? Hein dis ? Pourquoi ?

La violence déferle. Je protège mon visage. La première gifle part, suivie d'une volée de coups. Je m'étale. Je fais le mort. Elle fonce, s'écrase sur moi. Elle frappe et elle invoque les souffrances de l'accouchement, son corps de femme oublié, le pagne qu'elle n'a pas acheté, les impôts... Le vieux le père comprend, il voit, rien qu'à la révélation de la colère, il comprend, qu'il est coupable d'attentat contre la femme ma mère et que mon châtiment paye sa faute.

N'est-ce pas justice ? Il m'avait donnée à elle sans réticence, sans restriction, le ciel le savait. Il convient que je serve de défouloir aux hargnes ménagères. Et il se tasse sur son fauteuil le vieux le père, les pupilles en révolte, les nerfs figés dans la rumination des choses qu'il vaut mieux ne pas entendre. Quand elle n'en peut plus de me frapper, la vieille la mère se rassemble et s'affale sur sa natte. Je reste absente, enfermée dans ma douleur. Le vieux le père choisit ce moment pour s'extraire de son fauteuil, et se planter devant moi.

Il dit :

– Rien ne doit changer. Au nom des ancêtres, c'est moi qui commande !

La vieille la mère a acquiescé.

Il dit :

– L'enfant ne doit pas bouger. Seul le respect doit respirer.

La vieille la mère a encore acquiescé.

Il dit :

– L'enfant a beaucoup de chance. Moi à huit ans, j'étais dans les rues, torse nu, courbé sous le poids des régimes de bananes, toujours, chaque jour, en saison sèche quand la terre se craquelle, comme en saison de pluie, quand le ciel devient torrent.

» L'enfant a de la chance, a-t-il répété. Il peut aller jouer, regarder les jambes dans les magasins quand l'ennui le prend. Cela devrait lui suffire, cela doit lui suffire.

La vieille la mère a bondi de sa natte pour lui retirer ses bottes.

Et moi, moi l'enfant, je n'ai plus cherché. Je ne voulais plus voir cette horreur, le corps de mon ami découpé en morceaux. Je ne voulais plus rien entendre, honteuse d'avoir été la seule fille d'Iningué à hurler la faim dans les rues. Je décidai de laver la faute en m'accroupissant à l'antre du vide, pour broder la nappe de l'absurde que m'avaient léguée mes parents.

Cette nuit-là, après la scène avec les vieillards, je reste longtemps à me draper dans les souvenirs, à m'enfoncer un poignard dans le crâne pour saccager le germe qui m'a enfantée. De temps à autre, j'entre dans une étrange somnolence. Une forêt d'épines m'accueille. Elle me fascine. Je pénètre ses entrailles. Elles se transforment en milliers de vieillards agressifs. Des édentés. Des puants. Des éclopés. Je recule. Ils clament qu'ils sont les doigts de la Providence. Ils m'encerclent. Ils m'étranglent. Je me dépêtre. Je hurle. Ils serrent plus fort. À l'instant du dernier spasme, je me réveille en sursaut. J'ai souillé mon lit.

– Le monde peut crever, dit Anna-Claude, interrompant la vague mouvante de l'Histoire ! Il peut crever la bouche ouverte que je ne lèverais plus le petit doigt.

– Calme-toi.

– Me calmer ? Tu ne comprends pas, tu ne comprends pas, dit-elle en bondissant sur ses pieds. Longtemps j'ai travaillé, collecté des fonds pour qu'aucun enfant au monde n'ait faim. Aujourd'hui, je m'aperçois que c'est un leurre, un de plus.

Anna-Claude. Elle avait bâti sa vie sur un monument de vent. Jour après jour, elle avait demandé au rêve son assistance, la consolation de sa voix... Un leurre formidable qui l'avait nourrie, caressée, cajolée encore et encore, depuis ce jour où ses camarades l'avaient exclue de leurs jeux en la traitant de sale Juive. Elle ne comprenait pas, elle l'être du jour, lumière dans l'empreinte de la douleur. Le cœur lacéré, elle était retournée chez elle, elle avait demandé à sa mère de la laver, de trouver une marque de lessive qui blanchirait mieux qu'hier le tee-shirt de la peau et lui permettrait d'entrer dans la complicité des autres. Le lendemain, elle était retournée à l'école, riche de sa propreté, niellée dans sa blancheur. Elle s'était approchée d'un groupe d'enfants unis dans une partie de billes. Timide mais nickel, elle avait ouvert ses mains, la bouche élargie d'émotion.

– Regardez, dit-elle, je suis toute propre.

Ils avaient arrêté de jouer et leurs yeux s'étaient croisés, complices. Ils se mirent à parler à mi-voix, elle ne comprenait pas ce qu'ils disaient, mais elle savait que le congrès de Genève était réuni et après un rapide tour de table, le rire partit. Moqueur. Puissant. Il pleuvait de partout. Elle avait baissé la tête pour que son corps ouvre les canaux par où s'écouleraient les boues qui encombraient sa vie. Elle attendait, elle espérait l'aube qui la sortirait de la pénombre. Le jour n'était pas venu.

Ils avaient formé une ronde autour d'elle. Ils la bottaient à tour de rôle en scandant « Sale Juive ! » Des sillons de larmes et de morve craquelaient son visage, creusaient dans sa mémoire un réseau de haine. Combien de coups avait-elle reçus ? Elle ne saurait le dire. Le sens n'existait plus. Elle n'avait que ses larmes pour décrire leur nuit à une race d'enfants veufs d'amour, prompts à lancer leurs pieds dans son cul, éveillant en elle la voyageuse recluse.

Dès ce jour, elle apprit à ne plus être juive, à ne plus être, à s'habiller de rêve pour tuer l'angoisse. Heure après heure, elle posait les fondations de l'imagination. Pierre par pierre… Au bord d'elle. Elle décrochait de l'insulte, de l'alibi de la tension qui justifiait le coup de couteau. Elle se tenait, verticale, derrière la paroi de l'enfer. Après que son instituteur, la chair replète de peur, l'eut renvoyée de l'école, quand sa mère, embourbée dans le chagrin, pleurait sur les enfants maudits, et torturés, quand elle pleurait sur l'étoile qui désormais les épinglait, Anna-Claude s'approchait d'elle, convulsée de joie et lui disait :

– Pleure pas, maman. C'est l'étoile du cœur.

Adolescente, elle compulsa des livres. Elle recherchait le peuple, celui qui n'a pas inventé la poudre, l'idiot qui n'a pas distillé le souffle du canon, celui qui résiste à la folie et ne pond pas derrière sa table des théories sentencieuses, celui qui ne s'enorgueillit pas de connaître la horde des abjections. Elle se dirigeait vers le lieu où l'homme arpente les rues sans en dresser le cadastre, où l'homme ressemble à l'Homme. Elle trouva le peuple d'Ousmane. Elle décida qu'elle appartenait à ce peuple, que son homme à la barbe drue portait ce nom, qu'elle connaîtrait, après ruines et décombres, les frissons d'extase. Aujourd'hui, la vie s'effondre. Le peuple d'Ousmane N'EXISTE PAS. Celui qu'elle a trouvé sait infliger la mort en dépit d'armes antédiluviennes. Il sait compter les monstres et faire pousser ses cornes à la terreur. Orfèvre en cruauté, il porte sa gangrène détressée dans les mains.

Comment expliquer cela à la mourante ? Comment lui dire le rêve qui fuit, qui part sans accomplir sa mission : endormir l'être. Car tant que l'humain dort, la beauté est de ce monde. Il n'y a rien à dire sinon s'envelopper de la mourante pour permettre à l'Histoire de dévoiler son corps veuf de joie.

Le lendemain, il est plus de quatre heures quand je me résous à quitter ma chambre. La fille ma sœur est là, étriquée dans sa robe de devanture. Elle somnole, la bave au coin des lèvres après sa première nuit de commerce. Je la contourne sans faire de bruit car je le sais, moi la femme-fillette habituée au bal des sexes, je sais que ces nuits révulsées sont longues et qu'il faut occuper les journées à tracer la silhouette du sommeil... Je ramasse un pagne. Je recouvre ses jambes. Je sors dans le jour.

C'est l'heure des ragots jaillis des siestes. Ils déferlent des gorges des femmes groupées par tas de quatre ou cinq sous les manguiers, les vérandas, devant les bars. Amours. Haines. Déboires. Ces petites choses qui pimentent la vie, l'éclairent de cent manières et unissent les hommes dans la médiocrité universelle.

J'avance dans le soleil somnolent. Je marche disloquée, raidie dans la douleur. En face de moi, le cimetière boucle son silence. J'ouvre la grille, éperdue de douleur. Je chemine entre les sépultures interposées entre l'homme et les étoiles quand, soudain, j'avise une tombe en terre battue, recouverte de ronces que balaient les doigts du vent. Une petite croix. Une inscription :

Jean-Marie Diop
20. 10. 1960 – 4.3.1978
Mort au champ d'honneur.

Un enfant à peine, enfoui sous les pieds de la terre.

Je m'accroupis. Je ramasse une motte d'argile incrustée de graviers. Je l'enfouis dans mon sexe.

Le visage de la vieille la mère surgit. Mon cerveau s'égoutte. Au revoir Mâ. Je reviendrai. M'entraîner à la malédiction pour qu'aucun saut périlleux ne m'échappe. J'enfouis une vipère dans mon sexe. Il distillera le poison. Il envenimera quiconque s'y perdra. Je brandis pour l'humanité la virginité retrouvée. Je chante. Oui, Mâ, je chante, tout auréolée du mal d'être. Combien de temps s'est écoulé dans ce délire ? Je ne saurais le dire. Le temps s'est absenté de mon esprit. Chaque minute a accouché ses plans de fuite, lentement, très lentement, seconde après seconde, jusqu'aux fastes de la démence. Je me suis hissée sur la tombe, j'ai touché le ciel. J'ai entendu le premier appel des derniers oiseaux. J'ai joui, avec la conviction que le seul accès aux réalités du monde était l'horreur.

Je frotte mes yeux. Plusieurs fois. Je ne dois pas me laisser couler au fleuve de mes propres angoisses. J'ai quitté les morts.

Je descends la rue en prenant des détours pour ne pas croiser des visages connus. Superstition. Je prends cette ruelle, ce sentier, je descends cette pente et j'arrive devant la cabane où Mala et moi nous nous sommes vus la veille. Il est là. Il m'attend, debout dans ses haillons, un cerceau à la main. Dès qu'il me voit, il se dégaine à ma rencontre. J'ouvre la poitrine, il coupe le geste qui le lancerait dans mes bras.

– Mais qu'est-ce qui t'est arrivé ?

– Rien.

– Comment ça rien ! T'as les jambes en sang.

– Bof !

Il hausse les épaules. Puis :

– Je savais pas que t'allais venir.

– Tu me connais mal. Laisse le temps venir et tu verras.

– C'est dur de comprendre les grands. D'ailleurs ils sont tellement compliqués qu'ils ne se comprennent plus.

– Arrête de dire des bêtises et suis-moi.

– On commence par quoi ?

– Je ne sais pas.

– T'as qu'à savoir. Si tu veux mon avis, il faudrait commencer par le commencement et y rester. Comme ça, rien ne change, rien ne bouge. Et tout serait toujours neuf. Dieu devrait penser comme Mala.

Je bafouille des explications prises dans le répertoire des énigmes qui ne s'expliquent pas. Infliger, comme les professeurs, l'immobilité à l'auditoire, avec des mots à l'endroit ou à l'envers. J'enroule des pourquoi et des comment, crispant les mains, ces mains responsables de la folie, seules capables de faire ou de défaire, de transformer le noir en couleur.

Je pénètre dans la cabane. Je m'assois sur une pierre. Le présent s'envole de mes doigts et rien qu'un souvenir dans lequel je m'englue.

Autrefois, vivait ici un enfant. Sale. Puant. Allure sautillante. Il restait des journées entières terré dans sa cabane, parlant aux rats et aux souris qui semblaient l'écouter avec amour. Quelquefois, quand la nuit allongeait ses chancres, il glissait dans l'ombre, nerfs contractés. Il fouillait les poubelles, repoussait les épluchures de bananes et de plantins, fouinait, creusait, cherchant le morceau de viande oublié par la main des hommes. Un bruit ? Il frémissait, se redressait aussitôt, les yeux comme des lampes, regardait autour de lui, puis se fondait dans le noir.

Un maudit. Il était albinos.

Mala s'approche de moi en donnant à ses pas le souffle léger de l'haleine, couche sa tête contre mon épaule.

– Tu pleures ?

– Non.

– Ça n'a pas d'importance de toute façon quand on est deux.

Je souris. Je l'attire vers moi. Chaud le corps de l'enfant. Moite aussi. Il veut une cigarette. Je l'allume et la lui donne. Il fume. Je le berce. J'évoque le temps du village, la saison sèche quand le sol se fendille, la saison des pluies et la récolte d'arachides. Je dis le feu du soir entouré d'enfants, la vieille éclopée qui chique en racontant des histoires de hiboux, le chef du village et ses trente femmes. Ensuite je lui raconte l'histoire du petit marin qui avait construit un jardin au bord de la mer. Je la répète. C'est la seule que je connaisse. Et, avant de s'endormir, il a vu le marin enterrer plusieurs fois son poisson rouge, et l'arroser pour le faire pousser. Je le repose sur une botte de paille. Je me lève. Je ne dois pas bousculer son sommeil.

Je relève mon pagne, haut sur les cuisses. J'urine autour de lui. Je piétine trois fois le flot du corps. Je crache abondamment. Je viens de délimiter mon territoire. Je le recouvre d'un morceau de carton. Je quitte la pièce sur la pointe des pieds.

Quand Pieds-gâtés se réveille, je suis accroupie à son chevet, un morceau de gâteau dans les mains.

– Tu veux goûter ?

– Je ne veux pas prendre de ces habitudes-là, comme ça je ne risque rien.

– Pourtant il faudra bien qu'on se voie souvent, tous les jours. Il faut revenir demain.

– Sais pas si j'aurai le temps pour ces chichis mais si tu y tiens à ton truc…

– Apprends à obéir !

Mon ton est sec. Je me sens reine. J'ordonne. Je dirige. J'anoblis. Pieds-gâtés lève sur moi des yeux torves. Je ris. Je dépayse. Je veux exprimer la prière stridente de l'amour que seul le geste peut combler. Je me penche vers lui. Je l'embrasse sur la joue, sur le front. Je lui donne le gâteau. Il hésite.

– Prends-le. C'est pour toi que je l'ai amené.

Il le prend, l'emballe dans un vieux journal, puis l'enfonce dans sa poche.

– Tu ne manges pas ?

– Non, pas maintenant. J'ai pas faim dans la journée. C'est réservé aux mômes.

– Mais t'es mon gosse !

– Je suis le gosse à personne. Et si tu veux être ma mère, il faut tout commencer par le commencement, sinon, c'est râpé.

Sa voix s'amenuise. Des larmes, qu'il essaye de contenir, s'évadent de ses yeux. J'ouvre mon corsage. Je me baisse jusqu'à avoir sa bouche au niveau de mes seins. Je force ses lèvres. Il souffle, s'ébroue. J'insiste, il cède, il tète, lentement, très lentement, les yeux inquiets comme s'ils surplombaient un gouffre et qu'il valait mieux guetter les noces du ciel et de la terre.

Plus tard je sus qu'il réservait le gâteau pour sa grand-mère.

Les jours suivants, je gardai la sensation trouble de ces heures de bonheur. Mon corps était au repos. La fille ma sœur me remplaçait auprès de Monsieur John, plutôt bien que mal à en croire ses éclats de rire quand ce vieux sagouin la prenait entre ses jambes, penchait sur elle son odeur de vanille tournée et zézayait d'une voix sucrée :

– Fais voir tes jolies p'tites miches, allez sois gentille.

Il avait apprécié le changement, Monsieur John. La chair fraîche. Il venait trois fois par semaine, suintant dans son costume, la presbytie derrière ses petits yeux vicieux. Il s'arrêtait devant moi, soufflait, se dandinait sur une patte puis sur l'autre, émettait un « Ça va ? » tortillé, puis me demandait où était la fille ma sœur. Mes doigts seuls indiquaient l'endroit de la fille ma sœur. Il entrait, il partait, le fric restait.

La vieille la mère me boudait. Je jouais avec elle le jeu de l'amour et de l'indifférence totale. Je m'y consacrais pour tuer son ardeur au gain. Tenace le fric ! Un engouement dépravé qui la faisait se méfier de tout. Au début, elle enterrait ses économies dans les chiottes. Personne ne s'y hasardait sans qu'elle collât sa tronche contre la serrure pour le guet. Plus de risque ! En sortait-on, qu'elle se fabriquait un sourire pervers et demandait :

– T'as rien trouvé là-dedans ?

– Mais quoi, Mâ?

– Rien, rien... Des fois qu'il y aurait quelque chose par terre.

Mais les chiottes étaient encore trop exposées pour l'amour de sa vie. Désormais, elle porta ses billets sur elle, sous sa culotte. Ses menstruations ? Oui, les règles débarquèrent. Et elle perdit ses économies. Percluse de haine, elle profita de chacun de mes creux, de chacune de mes failles pour se glisser à l'horizon et installer la nuit.

Cet après-midi-là, cerclée de fatigue, je suis affalée sur une chaise en raphia. La fille ma sœur sieste. Chaleur. Humidité. Dans la cour, de grosses fourmis rouges embarquent un cafard. Je regarde leur manège avec le sentiment d'une mort heureuse. Il règne dans l'air une forte odeur d'aromates et d'huile brûlée. Écœurante. La vieille la mère n'est pas là et moi, seule d'un bref plaisir à vivre, je commence à apprendre la couleur du temps quand je la vois pénétrer dans la cour, suivie de dizaines de personnes. Des chauves. Des gras. Des bancals. Tout un assortiment d'êtres humains ! Ils s'approchent de moi, menaçants. Je me redresse. Ils se plantent devant moi, la vieille la mère en tête :

– C'est elle, hurle la vieille, je suis sûre que c'est elle.

– Quoi, Mâ ? Qu'est-ce que j'ai fait ?

– Aaah !… Le culot. Elle ose même demander ce qu'elle a fait !

La foule ricane. Certains sifflent. D'autres lèvent le poing. Un gamin me taquine avec un bâton. J'ai des pressentiments. Je fais mine de me lever.

– Pas avant qu'on ait tout fouillé, dit un bonhomme long avec des biceps comme des troncs.

Je me rassieds. La vieille la mère, flanquée de deux femmes et de trois hommes, pénètre dans la maison. Le temps file. J'étouffe, minée de l'intérieur. Des nuits et des nuits se succèdent et s'entassent sur moi. Combien d'heures faudra-t-il à la vieille la mère pour se résigner à la dépossession, au complet dépouillement de moi ? Combien de souffrances encore pour qu'elle s'incline et accepte la suite irrémédiable, la fatalité qui me conduira à moi ? Des « Yoooooouuuu » provenant du salon m'arrachent à mes réflexions. La foule se précipite. Moi aussi.

– C'est elle qui l'a volé, hurle la vieille en brandissant un slip en polyester blanc. Je vous l'ai bien dit.

– Elle l'avait caché sous son lit ! clame une grosse.

– Quel monde ! Quel monde ! hurle une autre en portant sa main sur sa tête.

– Casse-lui les ailes avant qu'elle s'envole conseille une oreille noire blanchisée.

– Non seulement elle refuse d'aller bosser, mais elle vole sa mère par-dessus le marché. Ah ! quelle honte !

– Hooouuu, hurle la foule en se tournant vers moi.

Je ramasse leur mine grimaçante, leurs piaillements. Haine. Insultes. Cris. Mes oreilles s'affolent. Mes sens s'emballent. Je tressaille. Je tremble. Je veux des secours pour briser l'inconcevable spectacle mais ma bouche soumise au devoir de l'enfant va à reculons et entraîne mon corps vers la rue, un cri aux lèvres.

Dans mon pays, l'étranger entend quelquefois les piaillements d'un oiseau. Il pense « vie », s'allonge sous son parasol, croque des cacahouètes et boit du pastis Qu'il ne s'y trompe plus.

Ce sont les cris d'un enfant broyé par les mains de cette terre qui l'a généré.

Pendant deux jours et deux nuits, je tourne en rond, sans but, sans lieux. Circuits. Maquis. Et rien que mes pas qui me portent vers l'endroit de la dépravation où babengués et aventuriers soutenus par des putains se soûlent en invoquant le soleil de demain. Je me perds dans cette Iningué proscrite comme certains se noient dans un verre d'alcool. Je cherche le baobab où planter le grain de l'espoir. Un cul-de-jatte me suit, sautillant sur ses béquilles. Quelquefois, je m'arrête dans un café mal habité. Je bois. Je m'écrase. Je souffre. Je ris pour confondre mon visage à ceux des étrangers qui m'entourent. Il s'approche. Je l'entends, je le sens présent dans mon dos. Ses martèlements estropiés. Son odeur rance. Ses soufflements grouillants. Le froid me prend l'échine. Dégoût ? Peur ? Je ne saurais le dire. J'ai perdu l'art de me déterminer. Je suis une semence pourrie. J'aspire à la rencontre du noir absolu. J'erre en moi quels que soient mes gestes. Je suis l'infortune, l'enfant de pacotille. Il s'assoit toujours à deux ou trois tables de moi, il commande une bière, un vin qu'il boit au goulot, s'essuie la bouche du revers de la main et me lorgne. Il n'a que deux doigts à chaque main et des dents blanches, très blanches, des dents qui séduisent et mordent jusqu'aux os.

La nuit du troisième jour, il m'aborde.

– Je veux vivre un rêve avec toi.

Je ne réponds pas. Je suis un hasard posé au milieu de la nature. Un malheur oublié sur l'arbre de vie. « Cul-de-jatte » sourit.

– Le rêve existe. Il faut y croire, il suffit d'y croire.

Le silence s'est engouffré en moi. Je suis l'ombre d'une vie qui a perdu le cheminement, moi le corps flétri à force de souffrance. Je ne dois rien dire, puisqu'il n'y a plus rien à rejoindre, plus rien à enjamber pour rejoindre la naissance. À seize ans, j'ai habité tant de lits, jour après jour, avec des hommes de tous les pays, de toutes les couleurs, tous ces hommes qui ondoyaient sur moi, recherchant la silhouette de leurs rêves…

– Je veux t'aimer, toujours, éternellement dit Cul-de-jatte. Je te raconterai ta propre histoire, je te décrirai la raideur de ses pentes. Ouvre tes portes.

Mon silence le chagrine. Il reste planté devant moi, mendiant sans parole mon assistance, la chaleur de mon corps pour donner à ses sens la hauteur éperdue des plaisirs. Je suis absente à son appel. Il s'éloigne sur ses bâtons.

C'est alors que la chose est venue brutale comme la mort. Pourtant, je la connais bien, aussi bien que la mort. Cette peur de se retrouver seule, seule malgré le flot des hommes. Je me dis qu'il est temps de trouver l'arbre où je graverai mon nom, m'immortalisant à jamais.

Je le suis, l'esprit en vadrouille. Je me raconte l'histoire du « petit marin ». Dix fois, vingt fois. Elle me permet de rechercher l'ailleurs, rêver d'ailleurs. Je me rends à peine compte que nous prenons cette rue, descendons cette ruelle et qu'une obscurité totale nous environne. Combien de temps avons-nous déambulé ? Le temps s'est arrêté il y a seize ans entre les cuisses de la vieille la mère. Il n'y a que mes pas, petits ou grands, tous mes pas additionnés qui doivent converger vers un seul résultat, la concrétisation de moi-même.

Nous pénétrons dans une cour habillée d'ombre. Deux bras me saisissent. J'embarque mon corps dans un débat. Je hurle, je gesticule. Mais mes efforts conjugués m'amarrent aux mains de l'agresseur. Je plie l'échine, j'abandonne ma tartine de chair comme il convient pour rendre la victoire dérisoire. Il m'entraîne dans une cabane, sur une natte. Ses pas s'éloignent. La porte se referme. Je regarde autour de moi, soûle, désemparée, auréolée du mystère du rapt perpétré contre ma personne.

Une odeur écrasante de poussière m'environne. Totems, masques, suspendus aux murs. Dans un coin, appareils ménagers, radiocassettes empilées les unes sur les autres, des tapis roulés et appuyés contre une colonne. Au fond, un portrait grandeur nature de Cul-de-jatte. Il porte une chéchia rouge et une gandoura verte. Une main soutient le menton. Le regard fixé sur les appareils ménagers semble les interroger sur les pourquoi et les comment. Je fais un pas dans la pièce, vers la photographie. Je l'observe jusqu'à me brouiller la vue. Je sais le danger. Je l'attends, immergée dans la couche-brume du destin. « Peu importe ce qui va t'arriver, me dis-je. Le pire a été fait le jour de ta naissance, il y a seize ans, entre les cuisses de ta mère qui t'a mal aimée, qui ne t'a rien donné, même pas une forêt sans arbres où suspendre les robes de l'imaginaire. »

Un bruit de clef dans la serrure. Je me retourne, le cœur battant. La porte s'ouvre, l'original de la photographie s'encadre : Cul-de-jatte ! La peur aux nerfs, j'emballe mon corps pour faire obstacle à l'ébauche des gestes à venir. Il sautille jusqu'à moi, allume sa pipe, me souffle une grosse bouffée à la figure.

– Bienvenue au royaume de Chien-Cul-de-jatte, dit-il en me tendant les deux doigts de la main gauche.

Révulsée de peur, j'hésite. Pourtant, je sais, moi, la femme-fillette, je sais qu'il vaut mieux tracer les premières courbes de l'amitié en accueil à la survie. Je sais qu'il me faut couler, adopter une fluidité sous peine de mort. J'exhorte ma main à s'allonger, à se mouvoir hors du cœur de la pensée, à serrer la main mutilée. Elle m'obéit. Des questions s'entortillent sur le shake-hand, sur l'homme, et m'interrogent. Pas de réponse. Et, incapable du regard en lui, réduite à la peur de ce qui ne se déclare pas, j'attends, la perplexité au corps, j'attends le nœud du mot qui va me briser et m'enkyster dans sa chair.

– Comment t'appelle-t-on ?

J'ai un mouvement de recul. Il prend la précaution de rouler un rire. Je me détends.

– J'ai perdu mon nom.

– C'est pas grave. Ici, tout le monde s'est égaré. Je t'appellerai Mangue. Je te cueillerai à chaque saison pour commémorer la rencontre.

Il m'inspecte, les yeux à peau de sexe. Lentement, il se penche vers l'union, je détourne la tête juste au moment où le baiser va tomber sur ma bouche.

– Il n'y a pas de place pour l'amour dans ce lieu, dis-je, le timbre faible.

– T'en sais rien.

– J'ai le sens.

– Arrête tes âneries et suis-moi, ordonne-t-il. Nous allons voir les enfants et ensuite, dit-il en me jetant un regard voilé de chair mêlée, nous allons…

Sans achever sa phrase, il pivote sur ses béquilles, balance son corps vers la sortie. Je le suis, le cœur bavard. Je ne saurais décrire ce que j'éprouve chemin faisant. Je ne suis qu'une femme-fillette soumise au vide et rien que mon corps pour le combler et le réconcilier avec la terre. Peut-être espérais-je le soleil en crépuscule, celui qui hante les songes tristes du temps juste avant l'invasion de crapauds et de hiboux. Je ne saurais le dire car ce qui m'habite s'accorde à tout, sauf à la lune qui glisse sur les peaux dans la chambre haute d'amour.

Nous pénétrons sous une hutte. Pas de meubles. Rien que des nattes éparses. Des dizaines de gosses en haillons. Certains dorment, d'autres, prostrés, semblent attendre la cloche qui égrènera les heures de la vie. Dès qu'ils nous voient, ils se lèvent, s'inclinent avant de reprendre leur place dans le calme rituel de la prière.

Images crues qui surplombent l'escarpement de mes pensées. Nul besoin de se pencher dans le passé ou dans l'imagination pour briser la voile de l'espoir.

Aujourd'hui encore, je revois leurs vêtements déchirés, leurs yeux cousus d'un réseau de tristesse et de violence. Ombres déchues. Comment le manguier peut-il permettre la chute du fruit avant son mûrissement ? Quels crimes ? Quels châtiments ? Mes pensées cognent, dévisagent le monde insensé avec cet œil de souffrance qui appelle au recueillement. Je me dis que le premier mot, celui qui devrait annoncer l'amorce de vie, sonner le glas avant tout mouvement, tout souffle devrait être : DONNER ! DONNER ! DONNER ! Et glisser vers une foule d'habitués occupés à signer l'acte de condamnation du Noir.

Cul-de-jatte se laisse tomber sur une natte au milieu de la pièce, furète dans ses poches, en sort un rouleau de papier qu'il étale devant lui.

– Cul-de-sac ! tonne-t-il.

Un garçon d'une douzaine d'années se détache des autres. Il s'approche, les yeux bas, dépose devant Cul-de-jatte plusieurs billets de banque.

– C'est tout ? interroge Cul-de-jatte, grognon.

– Oui, chef. Il y a des jours bons et des jours mauvais.

– N'excuse pas ta faiblesse.

– Non, chef. Paraît que c'est la crise en tout, bafouille-t-il. Poisson, tomate, sucre. Semble même qu'il n'y aura plus de soleil.

– Va pour aujourd'hui. Demain, tâche de faire mieux. Pieds-de-cochon !

– Présent ! hurle une voix enfantine.

Et sans quitter sa place, le gamin énumère :

– Douze œufs, cinq kilos de boyaux, trois pieds de veau, un canard.

– Très bien, clame Cul-de-jatte. Pieds-de-poule !

– Je suis là, chef !

Déjà, je ne les écoute plus, le corps torturé, la pensée sans gare où stopper le train de la peine. Combien de temps faut-il à la matière morte pour se désagréger, ébranler la terre et retourner à elle ? Je gonfle les poumons, prête à rassembler le souffle qui ira de bouche en bouche réveiller les sens, quand soudain me traverse l'inutilité de ma révolte. Il n'y a rien à dire, rien à faire, rien à transmettre.

La nuit est comble de mon vide, de ce vide qui marche le long du silence, loin des mots. Mes yeux sillonnent la pièce, constatent sans la noter l'absence des enfants qui ont regagné leurs paillassons comme nés d'une même pluie. On peut vivre ainsi, indéfiniment, sans prendre garde à rien sinon au « tic-tac » insipide d'une montre. Une minute après l'autre, le temps inhabité s'étire démesurément, perd sa souplesse, revient à lui-même, épuisé de solitude.

– Tu ne dis rien.

C'est Cul-de-jatte. Je lève vers lui mes yeux d'absence. Les secondes dégringolent soudain, caillouteuses. J'étouffe sur les plates côtes de l'univers impossible. J'entortille des images d'épouvante. Elles viennent par bandes. Clowns menaçants, elles m'encerclent, m'enterrent. L'air me fuit, j'aspire à retrouver le calme, je veux acquérir la transparence d'une bulle. J'appelle les mots, je leur ordonne de m'alléger, de dresser sur ma route la piste rouge de l'envol. Ils se présentent, vêtus de la moisson rose de mon enfance, parés des cheveux épars du balai de paille, ils sont là, telle la ménagère qui sait tenir son planning, ils me nettoient et me délivrent.

– Enfant, dis-je, je refusais d'aller me coucher. J'avais peur que la fête commence sans moi. Aujourd'hui, je ne l'attends plus.

– T'as qu'à trouver la consolation dans les normes au lieu de rêver.

– Vous dites tous ça. Vous légiférez, vous détruisez.

– J'ai essayé de construire.

– T'es qu'un exploiteur.

– Non. Un prestidigitateur, un marchand de joie ou d'illusion si tu préfères.

– T'es qu'un truand, tu voles aux enfants le peu qu'ils ont.

– Tu as perdu l'art de voir. Rien n'est plus rien. Il ne reste plus qu'à poser les yeux à l'horizon et attendre.

Sa voix se plie sur la dernière phrase. Son front se noue. Sa bouche se tord comme pour prononcer des mots à l'envers. Alors seulement, je comprends que cet homme s'est glissé sous les voûtes et les arches oubliées pour frapper de son sceau les pages de bonheur.

Pendant de longues minutes, nous restons l'un en face de l'autre, incapables du geste, semblables à ces ombres que sculpte le ventre de la lune, face à nous-mêmes, à nos statues rivées dans les contours angoissants du devenir.

– Tu sais, dit-il soudain, je me suis battu pour qu'existe ce lieu où l'enfance peut vivre et parler. Je lui ai consenti tous les sacrifices. Je voulais faire souffler le vent sur leur destinée, pour qu'elle change de route. Je voulais que l'enfant aille jusqu'à la mort de l'enfance et qu'il renaisse, dépouillé de parents. Et rien que l'amour pour l'habiller. Aujourd'hui, je me rends compte que la liberté n'est qu'un songe. Nous n'existons pas, nous ne figurons pas sur le registre des morts.

– Vous existez, dis-je, mue par un désir de protection. Vous existez puisque vous sentez.

Il hausse les épaules.

– Tu ne sais pas ce que tu dis.

– Pas besoin de se retrouver nez à nez avec le savoir pour le reconnaître.

– Parole de femme.

– Peut-être. N'empêche qu'entre ce qui est et ce qui n'est pas, il y a des plages de vide et de gouffre où peut habiter l'illusion de vivre.

– Tu ne comprends rien, tu ne comprendras jamais rien ! Je ne veux pas me cacher, je veux connaître d'autres dangers que la « tentative de vol », la blennorragie ou la syphilis. Je veux aller au-devant de Dieu, l'étrangler et le jeter au feu. Je veux marcher la tête en bas si le cœur m'en dit. Tu comprends ?

– Je comprends que tu es un homme qui a beaucoup à dire et qui ne sait par quel bout commencer. Parle-moi de tes aventures.

– Que t'importe le nom de ce qui m'opprime et m'entrave ! Dans ce pays, n'importe quoi peut être n'importe quoi d'autre. Il n'y a plus qu'à… »

Le reste de ses mots, je ne m'en souviens plus. Ils se sont perdus avec l'entrée d'une jeune fille enfermée dans le tableau de la paumée, de celle qui, façonnée par l'absence, croit que la vérité est un terrain vague qu'il convient de remplir des autres, de leurs idées, de leur présence.

– Pardonnez-moi, chef, mais je pense qu'il est temps de dormir. Vous vous réveillez tôt demain.

– Elle a raison, dit Cul-de-jatte en s'emparant de ses béquilles et en se redressant péniblement. Viens, ajoute-t-il à mon intention.

L'espace d'un moment, devant cette moitié de corps, l'envie de fuir me prend. Je ne veux pas le voir m'inventer des harmonies et dérouler mes chairs pour répercuter le chant du plaisir. Je ne veux pas de ces noces qui se célébreront dans l'abjection de la mutilation, au milieu de cette horde de désolés. Je ne veux pas épouser ce malheur. Pauvre et paumée je le suis. Mais ces damnés, encore plus brutalement révélés à la malédiction, me rendent plus exiguë, plus inconfortable. Soudain j'ai peur de m'échapper de moi-même, de m'endormir dans l'étranger, moi dont le rêve est de partir, fuir la vieille la mère pour prendre la posture de l'envol.

Mais, déjà, Cul-de-jatte parle. Il dit que je suis belle, qu'il m'habillera de toiles peintes au mur et me fera danser sur la musique de ses râles. Il dit qu'après il pointera son index sur les buées de mon corps et me montrera, entre les rides du temps, les blessures qui m'enchaînent à moi-même et empêchent la pluie porteuse de l'éclosion de la fleur. Il dit qu'il comprend ma répulsion mais qu'il m'apprendra la langue secrète pour interpréter l'architecture de son corps mutilé, et qu'ainsi, je remodèlerai sa chair à mes désirs.

Ces mots forcent les murailles de mon esprit, l'assiègent d'images qui le troublent, le séduisent. Déjà, je m'avance à la limite où les sens s'abandonnent. Il ne s'agissait pas de suivre Cul-de-jatte dans la tombe des projets communs, mais de vivre une magie nocturne, et de se réveiller le lendemain, la mémoire replète de sensations jusqu'à l'agonie. Cul-de-jatte me fixe, muré dans l'œil intérieur. Je tressaille, comme traversée par une décharge électrique. Il faut le geste, le mouvement. Je le suis dans la chambre.

Cette nuit-là, j'avale les rites de l'amour, le plaisir au ventre. J'établis mes quartiers là où l'onde s'accroît jusqu'à la démesure. J'explose en soubresauts répétés. Et je me noie entre des étendards de soie qu'arborent nos souffles mêlés. Et mon plaisir m'étire indéfiniment, apportant à mes lèvres des mots qui plantent dans le cœur la couronne de l'amour.

Quand je me réveille le lendemain, j'ai une corde attachée au cou.

Pourquoi ce nœud de haine ? Pourquoi me mettre dans un cercueil, la rose à la main alors que cette nuit encore, il m'a parlé vie longue et m'a dit tout ce qu'un homme peut dire à une femme ? Je ne veux pas remonter le fil de sa nuit. À petits pas, reculer. Lentement, sans rien briser. Et ma vie comme une vis sans emploi. Je bloque les bruits de la concession au seuil de ma tombe. Ma tête devient un trou noir que n'éclaire aucune lampe. Un univers roulé dans le noyau du vide. Le ciel n'a plus de toit. La terre a perdu sa semelle. Loin de moi le chaos du monde, son ordre. Je suis au royaume de moi, à l'assaut de moi. Je comprends ainsi que méditer sur la mort apprend à vivre, à convertir le vide en château de pierre.

Le temps écoulé ? Je ne saurais le dire. La porte de la chambre s'ouvre. Je ferme les yeux. Ma chair se mêle à celle de la mort, la dépasse. Je ne veux pas être dérangée. Je ne veux pas regagner leur vie où la nuit gante les jours à venir. Pourtant, j'entends une de ces voix d'ange qui dispense l'espoir.

– Je m'appelle Bida autrement dit « Serre-cou ». Je dois m'occuper de toi, te faire manger, te sortir, te promener. Ordre du maître.

Silence.

– Tu ne réponds pas. C'est pas grave. Serre-cou a l'habitude des silences des grands. Ils répondent toujours à côté.

Silence.

– Je peux te chatouiller pour te faire rire, dit-il d'une voix espiègle. Les grands n'aiment pas les chatouillis parce qu'ils ont peur de mourir de rire.

Silence.

– T'es pas morte pour de vrai, dis ?

Silence. Il s'affole, il me secoue, il s'écroule sur moi, il pleure, bavard dans le malheur. Soudain, j'éprouve moins le besoin de me perdre dans les labyrinthes de l'ailleurs. Je le prends dans mes bras, je le serre, il se dégage. Il me regarde, furieux dans ses haillons trop amples pour ses maigres chairs.

– Il fallait mourir, dit-il, il fallait mourir. Au moins quelque chose serait mort pour de vrai en moi. Quelque chose comme une mère que je regarderais dans son cercueil, en robe blanche, à qui je donnerais une fleur. Tu comprends ?

– Parle pas comme ça.

– Et pourquoi pas ?

– Si t'es pas bien ici, t'as qu'à retourner chez tes parents.

– Et puis quoi encore ? Ici, je bosse, je mange et personne ne me frappe. Là-bas, il y en a pour une fortune de coups.

Les jours suivants, je vivais dans un état de semi-conscience. Tenue en laisse par Serre-cou, je me promenais dans la concession où des dizaines d'enfants en guenilles travaillaient, riaient, copulaient. Ils n'avaient pas l'air de s'être enfuis. Ils étaient dans leur pays. Ils reconstruisaient ce qu'ils touchaient. Au début, jaloux de mes privilèges auprès de Cul-de-jatte, ils dessinaient des gestes obscènes pour décourager mes approches. Quelquefois je recevais en pleine gueule une tomate pourrie. Je ne réagissais pas. J'avais l'impression de m'être dépouillée de tout ce qui me lestait. Mais j'avoue qu'il m'arrivait encore des sursauts de mémoire et je redevenais Avant, attachée à la pierre de la vieille la mère.

Cul-de-jatte m'avait installée dans son royaume. Il venait à la nuit, distribuait les ordres, les punitions aussi. Il régnait, il faut le convenir, sans posséder. Une fois par semaine, les biens accumulés étaient répartis entre les membres de la communauté. Certains enfants repartaient chez leurs parents apporter leurs gains et revenaient aussitôt.

Moi, j'étais sa seule possession. Il disait que, lié à moi, il bâtissait des rêves fantastiques et m'enchaînait aux portes de ma véritable histoire. Il disait que j'étais sa prison de lumière et qu'à travers mes barreaux s'échappaient les monstres, que le calme revenait. J'écoutais sans mot, l'esprit oublié, l'absence installée à l'intérieur jusqu'au jour où il me proposa d'enlever la poussière sur le théâtre de sa vie, de donner lieu à Pâques, de lui faire un enfant.

Je me souviens. Le tonnerre gronde. La pluie crépite. Des éclairs déchirent le ciel. Je suis assise sur une natte, recroquevillée dans la crainte de l'orage. Les gosses ont regagné leur paillasson. La nuit est pleine. Cul-de-jatte, revenu depuis peu, a le front habité de soucis. Il fume sa pipe, silencieux, mais les bruits de ses pensées me traversent, gênent mon état de peur. Je porte vers lui des yeux de reproche. J'ouvre la bouche pour l'interrogation, quand des cris retentissent dans la cour :

– Au voleur ! au mouchard ! À mort !

Je fixe Cul-de-jatte, l'inquiétude au fond des prunelles. J'esquisse le geste, celui qui me portera vers les réseaux de l'information. La porte s'ouvre. Des gosses. Un homme. Sanguinolent. De profondes balafres lui tailladent les joues. Ses vêtements trempés pissent. Cul-de-jatte lève sur lui des yeux haineux.

– Comme ça on est venu m'espionner ?

L'homme ne répond pas, le regard arqué sur la flaque qui se forme à ses pieds. Noirâtre, tel du sang refroidi. Un sang de Dieu éculé. Vieilli. Des secondes. Des minutes. Le ton monte. L'interrogation se renforce.

– Tu vas parler, connard ?

Les enfants s'approchent de lui. Ils l'agenouillent de force et lui lient les mains dans le dos. L'un après l'autre, ils lui urinent dessus. Il ne bronche pas. Ils vident leur vessie jusqu'au bout, jusqu'à la bouche, l'endroit où les mots se promettent de sortir.

Des hoquets de dégoût me prennent.

– Laissez-le !

– Tais-toi ! ordonne Cul-de-jatte.

Un des enfants a sorti une bougie. Il l'allume. Déjà la flamme caresse les orteils de l'homme, la plante de ses pieds.

– Il va parler, dit-il, il va parler le salaud. La chaleur va allumer sa mémoire. Pas vrai, mouchard… ?

Encore des secondes, des minutes. L'homme dont j'ignore le nom se tient dans son silence comme le noyau au cœur du fruit. Et je voudrais, ô combien, je voudrais qu'il dise la phrase première, celle qui le libérera. Il ne dit rien.

Sur les bouts de mes doigts, je connais la suite inéluctable. Cul-de-jatte prononcera la condamnation. Les gosses hérissés de ferrailles traîneront le condamné jusqu'à la case basse où les objets de torture cousent sa robe à la mort. Ils le taquineront pour qu'il les envoie chier. Ils le matraqueront. Il hurlera. Les chiens aboieront. Personne ne l'entendra. Ils le suspendront au plafond. Ils verront le sang pisser de son nez, de sa bouche. Ils s'en barbouilleront pour exorciser la mort. Ils riront, videront les bouteilles de whisky que Cul-de-jatte leur offrira pour commémorer l'arrivée de la fin. La gueule ivrogne, ils creuseront un trou derrière la concession. Ils y transporteront la masse de chair et se débarrasseront de leur chargement macabre.

Mais ce soir-là, malgré le déroulement des opérations qui ne connaît aucune fausse note, Cul-de-jatte garde le front soucieux.

– Qu'as-tu ?

Il ne répond pas. Le regard capitonné dans l'ailleurs, des ailes d'oiseaux de nuit semblent caresser ses joues. Son histoire m'agresse. Chair écorchée. Sens mutilés. Elle s'est projetée sur la voie épineuse des destins où des millions d'enfants, fermés au monde, babillent sur une planète de cellophane. Et je sais, moi la femme-fillette, acharnée à se reconnaître, je sais qu'elle s'éteindra en demi-teinte comme les histoires trop criardes. L'homme ne la reconnaîtra plus, elle sera encrassée de suie, et la respiration qui se tait. Il ne la reconnaîtra plus et m'obligera à porter son deuil. Cette idée m'effraie, m'oblige à ouvrir grand la bouche, à réitérer la question.

– Je pense, dit-il, qu'il est temps que tu paies tes dettes.

– Je n'ai pas un sou.

– L'argent ! Tout le monde n'a plus que ce mot à la bouche, dit-il, méprisant. Il y a d'autres choses, cocotte.

– En ce qui nous concerne, en dehors de mon cul que tu as en abondance, je ne vois rien d'autre.

Un long silence clôt mes mots. Je sens la déchirure dans ses yeux, je pressens ce qui suit, je baisse le regard. Cul-de-jatte ramasse ses béquilles, sautille jusqu'à moi et se laisse tomber sur la natte. Il se traîne sur son cul, me prend dans ses bras. J'esquive son baiser.

– Donne-moi un fils, dit-il d'une voix suppliante. J'ai tellement envie de pondre un œuf dans ta chair. Je me suis tant aimé en t'aimant qu'il convient de cristalliser. Et puis, j'aurais pu mourir ce soir, j'aurais rien laissé pour perpétuer mon histoire.

Il sourit, sort un couteau de son boubou et me le tend pour le mariage de sang. Des pensées difformes me déchirent, des pensées ramenées aux pures rémanences du vieux le père plutôt qu'à la situation présente. La mémoire du corps s'éveille. Mes mains tremblent, témoins, officiants du baptême. Je ramasse le couteau. Je l'approche du doigt de Cul-de-jatte. La peur bourgeonne. Les tremblements s'accentuent. Le couteau m'échappe.

– Coupe ! ordonne Cul-de-jatte. Je mourrai et renaîtrai en toi, grandi.

Mais, moi la femme-fillette, je sais soudain que je sais. Longtemps, j'ai ignoré que je savais et là, devant l'évidence, je sais que j'ai toujours su : je ne veux pas nettoyer le paysage, je ne veux pas me multiplier. C'est le rôle du vent, de la pluie. Il appartient à l'un de déblayer, à l'autre d'ensemencer, de nourrir la terre. Je ne veux pas prêter mon ventre à l'éclosion d'une vie. Tant d'enfants traînent par la ville ! Je déteste alimenter les statistiques. Je le lui dis. Il éclate en sanglots. Il pleure haut comme il n'a jamais pleuré de son enfance, de sa vie sans doute. Je le prends dans mes bras. Je lui décris le premier enfant, le second, le troisième. J'annonce, je promets le déferlement des créatures braconnières d'étoiles pour qu'il oublie sa peine dans la ferveur de la prochaine paternité.

Cette nuit-là, il m'aime sans mot, le sexe levé dans le désir de semer un enfant. Et moi, moi la femme, l'enfant, je déploie le corps pour apaiser les tumultes du passé. Quand les éclairs le traversent, j'ondule les reins. Il crie. Je viens de lui asséner sa plus belle mort. Sans lui laisser le temps d'un souffle, je ramasse mes vêtements et regagne la rue. Toute la nuit je marche sous la pluie sans connaître ma destination. Le passé m'agresse et tambourine à mes tempes. Je ris, je pleure, assise à mi-chemin entre moi et moi. À l'aube, je chipe un slip aux rayons d'un supermarché. Je me traîne jusqu'aux W.-C. Je vomis. Je tire la chasse d'eau. Épuisée, je regagne les allées du supermarché. J'avise un chef de rayon. J'agite le slip sous son nez en lui disant que je l'ai volé. Il rit. Il ne me croit pas. Il dit :

– Elle est complètement folle !

Un attroupement. Des yeux hilares me dévisagent. Certains rient. D'autres commentent les couleurs de la folie qui me pourchasse. Je hausse les épaules, je tire la langue en faisant voleter un faisceau de crachats. Ils s'écartent. Je me glisse vers la sortie… soulagée.

J'ai retrouvé le jour et je me suis retrouvée à l'endroit où je m'étais réfugiée avant l'esclandre avec la vieille la mère. J'ai aspiré un bon coup pour ne pas chialer. Je suis revenue à la maison. La vieille la mère s'est jetée à mes pieds. Elle a pleuré. Je ne l'ai pas regardée. J'ai donné les seins à Mala. Je suis allée retrouver mon fils oublié.

Mala. Un accord silencieux nous lia dès lors. Nous ne disions pas « au revoir » ou « à demain ». Nous nous quittions comme si nous n'allions plus nous revoir, nous nous revoyions le lendemain à la cabane. Je savais, moi la femme-fillette, je savais que ma disparition l'avait affecté et qu'en outre nous craignions la volte du destin qui nous ramènerait vers des zones de malheur. Le manque amoureux. La panique se faufilait, nous habitait, créant des pages de silence où seul comptait l'acte.

Mala venait, il s'installait à mes pieds. Je nettoyais ses ongles, je peignais ses cheveux, je lui racontais l'histoire du petit marin, il dormait, il se réveillait, il pleurait ou émettait des gargouillis qui ressemblaient à des sanglots, je le prenais dans mes bras, je le berçais, je lui donnais une mangue, un gâteau qu'il enfouissait dans ses poches. Il fumait une cigarette en reniflant. Ensuite, seulement, il m'embrassait, et s'en allait en faisant rouler devant lui son cerceau.

Un jour, je me souviens, un jour bleu de la fête des mères, il m'apporte un cadeau. C'est un dessin. Une maison avec une pie au bout du pré.

– C'est pour moi ? dis-je le cœur à la bouche, les yeux écarquillés de plaisir.

– Oui.

Je baisse la tête sur lui, interrogative. Je veux trouver le pourquoi du geste, la croix signalant le bonheur, assortie d'un motif valable en quelque sorte. Son regard se cramponne à moi. Il éclôt des bourgeons de soleil. J'existe. Un cadeau certifie ma naissance. Il me situe. Il viole le malheur. Il me place dans l'enfance gâtée. La reconnaissance bouillonne. Sa vapeur m'enveloppe d'images, m'emplit d'émotions. J'attire Mala. Je l'enferme dans mes bras, je veux le garder le plus longtemps possible sur mon cœur, purger une longue peine d'amour.

– Tu me ferais tellement plaisir, mon chou, dis-je en l'embrassant sur le front, si tu me disais pourquoi tu m'as apporté ce cadeau. Personne ne me donne jamais rien et j'aimerais tant qu'on m'explique pourquoi on le fait, pourquoi tu l'as fait.

L'espace d'un moment, il semble ne pas comprendre, les yeux figés sur le dessin, il entortille ses doigts autour de ses haillons comme pour les empêcher de dénoncer, de montrer un signe mortel :

– C'est pour pas rêver, dit-il dans un souffle. Il y a plein de fantômes dedans qui font mal et on ne peut pas les tuer pour de vrai.

Ces mots font leur chemin, introduisent la joie en moi. Un pacte avec la vie. Le soleil en face. Je laisse pleuvoir mes yeux, car le bonheur, il faut y être habitué.

La porte de la cellule s'ouvre. Anna-Claude sursaute. Un béré s'encadre, la silhouette cassée par les chiures de l'alcool, quelques balafres lui tailladent les joues, dénudent une honte lointaine. La barbe, vieille de deux jours, le peuple de morosité. Il s'avance dans la pièce, les pas fatigués, brisés de bestialité.

– Le chef veut te voir, dit-il en rotant.

Anna-Claude le suit, l'inquiétude à fleur de chair. Ce n'est pas la torture qui l'effraie. Elle la connaît, elle l'a vécue, elle l'a rêvée. Ce qui la terrifie se nomme folie. Elle sait qu'elle devra désormais la préciser et l'identifier d'aussi loin qu'elle apparaîtra. « Du sang pour effacer du sang… » Un vers fou, qui s'enfonce en elle, mais qu'elle doit s'efforcer d'oublier pour ne pas ramasser le couteau de la rage, partir au hasard des pas et assener le poing de la mort. Tout plutôt que ce désir de célébrer des noces avec le sang.

Ils longent un couloir. De chaque côté, de minuscules cellules. Barreaux. Grillages. Verrous. Des colonnes de chaînes pour limer chaque instant de rêve. Rien qu'une blessure du temps ouverte à la vermine du pouvoir.

Et l'homme accomplit son destin. Partout des prisonniers, nus. Certains, le corps ensanglanté, incapables de révolte, pénétrés de la conviction que leur torture remonte aux origines. D'autres, décharnés, évidés jusqu'aux tripes, habitués à pactiser avec l'horreur, regardent la femme et crachotent des obscénités sur ses hanches. Ils rient, transforment le pus de leur souffrance en bulles de gaieté, mais, leurs yeux, eux, demeurent mélancoliques.

– Ça fait longtemps qu'ils n'ont pas vu de femme, commente le béré, d'une voix ensommeillée, s'ils t'attrapaient... hé hé.

Il lui jette un regard vicieux, puis continue à clopiner, silencieux. Ils traversent la cour. La nuit est claire. Quelques oiseaux violent la paix. Leurs cris déchirent l'air, écornés. Anna-Claude frissonne. Elle sait depuis le départ qu'elle doit prendre le train des ténèbres, aller vers le chaos, en chute libre. Elle sait qu'elle doit subir l'interrogatoire terré au cœur de la violence. Pourtant, elle ne peut empêcher son cœur de se serrer, d'arpenter les espaces où l'idée de la torture sciemment infligée est plus douloureuse que la douleur elle-même. Comment est-ce possible, comment est-ce possible ? Fuir tout ce qui oppresse et tue. Partir les yeux fermés, épouser l'univers. Partir en emportant toutes les souillures du monde fourrées dans un sac-poubelle, enfermées.

Sous la lampe de la nuit, un tesson de bouteille. Anna-Claude s'immobilise. Sa main se baisse. Elle le ramasse. Elle inscrit le premier mouvement qui étalera la blancheur. Le tesson s'enfonce dans la paume, arrache la peau. Le sang coule. Elle crispe les lèvres pour empêcher les sanglots.

Elle recommence de l'autre main. Elle place enfin le tesson sous son sein. Elle veut signer le dernier acte, celui de la condamnation. Elle hésite, elle renonce. Elle doit attendre que la femme mourante dans la cellule lui raconte son histoire, alors seulement, elle ira nettoyer son linceul au tombeau du monde.

– Qu'est-ce que tu fous ? interroge le béré en revenant sur ses pas. Lève le pied ! Le Patron t'attend.

– J'ai envie de pisser.

– Dépêche-toi.

Anna-Claude soulève sa robe, s'accroupit. L'urine s'échappe. Le sang coule. Poignée de secondes où le corps s'appartient et se perd. Le béré, les mains dans les poches, attend. Il ne peut rien faire d'autre que regarder les yeux du temps, afin qu'allégée de son incommodité, Anna-Claude se love dans la parole et dépose ses secrets dans la vase des promotions. Mais de quelle promotion s'agira-t-il ? De celle de l'Humain ou de celle de l'homme ? Il faut des siècles pour que le bourreau comprenne qu'il est le prisonnier de son martyre, il faut des secondes pour que monte au ciel le cri des souffrances !

Une maison entourée de barbelés. La grille est ouverte. La porte aussi. Il l'introduit dans une pièce. Elle est vaste. Les murs aux couleurs virginales puent la peinture fraîche. Au centre, une table, une vieille machine à écrire, des registres, deux chaises. Au fond, debout, un homme. Ses jambes courtes flottent dans un pantalon informe. Sa chemise débraillée laisse entrevoir un ventre bedonnant, lacé de minuscules touffes de poils. Ses lunettes cerclées d'acier lui donnent l'air intello. Dès que le béré le voit, il se plante au garde-à-vous.

– Voilà la détenue, chef, dit-il.

– Bien. Tu peux disposer.

Il sort en refermant la porte derrière lui. Anna-Claude tressaille. Le chef s'approche d'elle d'un pas lent. Il l'inspecte, les yeux comme un couteau.

– Je vous aime, déclare-t-il. Je vais vous aider à sortir d'ici.

Elle reste muette. Il lui indique une chaise. Elle s'affale, l'esprit brouillé. Il s'assoit en face d'elle. D'un geste nerveux, il introduit le papier dans la machine.

– Nom, prénom, âge, profession.

– Femme-fillette, noire, dix-sept ans, pute occasionnelle.

Il la regarde, ténébreux. Elle se moque de lui, il le sait, elle le nargue. Lui qui avait si soigneusement préparé son interrogatoire ! Non. Il ne versera pas dans la rage. Mieux vaut gagner du temps. Il sort une cigarette, l'allume, aspire une bouffée, se rencogne dans son fauteuil, les yeux au plafond.

– Tes grands-parents ont esclavagisé les miens. Ton pays me dépouille. Tu te fous de moi.

– Tu t'es mordu la queue tout seul, dit-elle en éclatant de rire.

Il ne comprend pas, il perd son cheminement. Il dit :

– Explique.

Elle continue de rire, elle dit que la laideur du monde la chatouille. Elle lui montre ses mains ensanglantées. Elle lui dit que ce sont les Allemands qui ont fait ça, comme ils l'ont fait autrefois aux Sarah, aux Rachel, à sa mère. Elle dit qu'il faut du sang, encore du sang pour nettoyer la poisse noire, la poisse juive, la poisse arabe, mais qu'en attendant une enfant de dix-sept ans, enfermée au fond d'une cellule, ne remontera plus le goulet de l'entonnoir.

Elle dit, elle raconte. Aucune reine n'est aussi éloquente, aucune folle non plus. Quand elle s'aperçoit de l'absence du chef, de son silence, elle comprend qu'il faut des siècles pour que les mots traversent la nuit pour arriver à lui, habillés de jour. Elle sait qu'il faudrait du temps pour que la raison s'égoutte dans ses veines… Elle se tait.

– Je suis heureux que tu te calmes, dit-il d'une voix atone. On va pouvoir parler, ma biche.

– Je n'ai rien à dire.

– Vous dites tous ça. Mais après les langues marchent. Tu verras.

– Je n'ai rien à dire, répète-t-elle, énergique.

– La mort te pend au nez.

– Je m'en fous. Il n'y a plus personne en moi.

Une gravité scelle les bouches. Les lèvres d'Anna-Claude tombent. Son regard s'enferme dans la détresse, la réduisant à sa concrétion.

– Tu ne nous intéresses pas, dit le chef, brisant le silence. Il y a une femme avec toi, une dangereuse gangster prise en compagnie de faux-monnayeurs. C'est elle qu'il nous faut.

– Je suis elle.

– Arrête tes inepties ! hurle-t-il en donnant un coup de poing sur la table. Accouche de tout ce que tu sais, après tu seras libre.

– Je suis elle, répète-t-elle.

Le chef se lève et se plante devant elle, menaçant. Il hurle. La sueur perle de son front. Il dit que les gens de son espèce tuent le monde et qu'il serait bon de les donner à la tendresse des mouches. Il dit que si elle s'ingénie au silence, il émanera de lui une telle violence qu'on sera obligé d'enregistrer sa perte et que le quotidien aura vite fait de l'entourer d'indifférence. Il dit, décrit le cercle de violence, la volupté du sang. Anna-Claude se tait, et tout le temps qu'elle se tait, il s'énerve. Pourtant, il s'était promis au calme, pourtant... Enfin, les mots, épuisés, tombent d'eux-mêmes. Dans sa rage, une trouée lumineuse soudaine. Il n'y a plus que la fornication pour amener la femme à la raison.

Cette pensée à peine éclairée, il met en marche la machine de l'amour. Les mains. Les doigts. La bouche. Association de tous les poils imaginables du plaisir. Il l'aime. Et tout le temps qu'il s'adonne à la chair, il parle, siffle des questions. Qui est-elle ? D'où vient-elle ? Qu'a dit Tanga ? Mais aucune carpe n'est aussi muette. Elle apprend l'envol de la survie. Son corps s'absente, dépasse son ombre. Plus de sexe. Plus de seins. Plus de nez. Le vide. Seule la bouche dessine une étrange litanie, indépendante.

ACCUMULER DES SILENCES
ACCUMULER DES SILENCES
L'ILLUSION, C'EST MOI
LA FOLIE, C'EST MOI

Il la lâche, furieux. Il la gifle à toute volée. Elle porte une main à sa joue. Ce n'est pas la douleur qui lui fait mal, mais l'absence de ciel.

– Qu'est-ce que tu dis ? vocifère-t-il.
– Rien.
– Tu mens !
– J'apprends le langage de l'amour. Il n'a pas de mots. Tu ne peux pas l'enchaîner comme le chien de ta mère.

Il la regarde, l'effroi dans les yeux. Tout son être se canalise dans ce regard. Un sanglot monte de sa gorge.

– Pardonne-moi, dit-il. Ce matin j'ai perdu le chien que m'a laissé ma mère sur son lit de mort. C'est tout ce que j'avais d'elle. Tu comprends ?
– Certains perdent leur chien, d'autres leur enfant.
– Ta gueule !

Elle comprend qu'il souffre et qu'il veut faire souffrir. Elle éclate de rire. Elle ne lui envie rien, sauf le chien soustrait à son affection.

Lorsqu'elle regagne la cellule, le jour est à l'entrée et le cœur en partance de Tanga bat faiblement. Elle lui prend le pouls. Elle essuie son front. Elle se couche contre elle. Elle sait que, pour mourir, Tanga l'attendait, ouverte, offerte, pour lui donner à parler avant de passer les frontières et de s'étendre dans la nature morte. Elle sait que désormais aucun coup, aucune grâce, ne sauraient empêcher la femme-fillette de féconder la terre, de nourrir l'espace. Il y a aussi ses morts. Ils anticiperont l'ombre de la peur qui l'avait cloisonnée dans le rêve. Ils annuleront portes et verrous. Elles céderont une à une, se fracasseront aux injonctions de la mort. Amour glaive de l'amour, Anna-Claude te brandira ! Elle te hurlera ! Éructe. Noire. Elle effarouchera son public. Elle dressera sa silhouette dans le vide. Elle t'exposera enfin. Et l'homme te récupérera. Il te rangera. Il te classera. Dans les pages jaunes des savoirs morts. Ainsi Anna-Claude te détruira-t-elle. Mais, ça elle ne le sait pas. Pour le savoir, il lui aurait fallu connaître le gel de la conscience qui habite le monde. Il lui aurait fallu naître avec d'autres yeux, surveiller ses pas pour ne pas perdre le rêve. Il aurait fallu…

– Ils t'ont fait mal ? interroge Tanga.

– Ce n'était rien, rien que du sexe.

– Là où vit l'homme, seul le temps peut altérer les souffrances. Je sens mon corps fuir, pourtant j'ai envie de vivre encore un peu, d'enfermer le monde dans une tour d'ivoire pour agrandir l'impression de bonheur. Tu comprends ?

– T'as rien à craindre. J'existe, donc tu seras.

Tanga sourit, ouvre la bouche, elle veut ajouter des mots, Anna-Claude l'oblige au silence, elle lui dit qu'il est temps de reprendre l'Histoire, d'appeler ses morts afin qu'elle la porte et la valide au-delà du monde.

– Je serai trop lourde, dit la mourante. Tu ne sauras pas retracer mon chemin. Tu es trop vieille.

– J'ai toujours quinze ans, quand j'aime.

– Ils vont te torturer de questions.

– Et alors ?

– Ils vont te fouetter.

– C'est mon problème.

– Un conseil. Signe tout ce qu'ils te demanderont. Il faut toujours signer pour avoir la paix.

Anna-Claude la regarde, l'air ailleurs. Elle sait que l'angoisse est là mais qu'il faut travailler toujours et toujours à l'éclosion de la lumière. Elle ferme les yeux puis dit à Tanga d'une voix mesurée :

– Continue ton histoire. C'est elle qui me guidera, c'est elle que tu dois me léguer.

Alors, le silence s'est inséré dans le mot, dans un espace où la conscience ne s'est pas effacée comme s'efface la terre sur la route fréquentée par des hommes.

Mala et moi décidons d'adopter un chien. Ne précède-t-il pas l'homme ? N'aide-t-il pas à donner l'illusion de la famille ? Nous l'avons choisi comme nous : maudit et mutilé. Plus d'oreilles et une moitié de queue. Les premiers temps, nous traquons ses puces. Nous l'attachons à un arbre. Nous frottons ses rares poils avec une brosse. Nous lui versons de l'eau. Il gémit. Nous continuons. Nous lui donnons des os et des déchets. Il engraisse. Nous décidons qu'il est trop beau pour piétiner la semelle de la terre. Ne faut-il pas toujours faire durer l'éblouissement après les ravages de la privation ? Si le soleil nous est interdit, notre chien doit avoir son banc dans le jardin. Nous nous y employons. Nous volons des chaussons dans un supermarché. Nous les lui mettons. Il proteste de la tête, du museau. Il tente de marcher. Nous nous apercevons qu'il ne sait plus quelle patte poser avant l'autre. Il commence par la patte droite arrière, ensuite la patte avant gauche. Nous rions. Nous venons de découvrir une nouvelle façon de gagner notre vie.

Nous l'amenons sur les places publiques. Nous lui faisons jouer son numéro. Des gens rient pendant que l'un d'entre nous coupe leurs bourses.

Nous allons dans le quartier blanc aux heures des goûters. Nous n'avons pas l'autorisation d'entrée mais notre mise en scène attire les gosses. Ils viennent avec leurs gâteaux, leurs pains fourrés, leurs jouets. Nous leur montrons la prouesse. Ils disent :

– Encore !

Nous répondons :

– Il faut payer.

Ils nous donnent à manger. Quelquefois, nous remplaçons subrepticement le fromage par un morceau de savon et nous leur rendons leur sandwich. Ils mordent dedans, crachent. Nous rions. Nous retrouvons l'élémentaire savoir des enfants.

Durant cette période, j'avais la sensation du bonheur. Pieds-gâtés était mon fils. Il se collait à ma poitrine. Il disait :

– J'ai faim, Mâ.

Je sortais un sein. Il tétait. Il s'endormait. Je me souciais de son bonheur dans mon bonheur. Nous étions à la fois nos sauveurs et l'œil du mal qui nous guettait. Je le savais. Mais j'étais prête à tout pour mettre mon visage à la lucarne qui promettait la délivrance.

La vieille la mère ne se laissait pas évincer. Elle était comme ces milliers de sangsues qui grouillent dans les marécages d'Iningué. Une sangsue domptée. Je la tenais par les ventouses, la sangsue ma mère. Je lui donnais mon sang. Juste assez pour la maintenir en vie, pour me maintenir en vie. Je lui donnais l'argent de nos larcins. Elle l'enfouissait dans ses seins d'un air de dégoût, essuyait ses mains moites sur son kaba et s'en allait se coller à ma sœur. « Vas-y, Mâ! embourbe-toi, fourvoie-toi, peut-être alors, seulement, aurai-je une chance de comprendre la vie et de retrouver le lac du destin ! »

Un souvenir. C'est l'après-midi. Il fait très chaud. Je suis assoupie dans un fauteuil, sous la véranda. Je perçois un souffle bruyant à mes côtés. J'ouvre un œil. La vieille la mère est là, engoncée dans un kaba déteint, les mains sur les hanches. Elle sourit, je n'ai jamais remarqué qu'elle a des dents si jaunes. Elle remonte son kaba haut sur les cuisses, se penche vers moi jusqu'à avoir sa bouche contre mon oreille :

– Ton sexe est devenu un mur de pierre.

– Un nid de lamentations, dis-je.

– Maudite !

Je hausse les épaules. Je plante mes prunelles sur son corps. Sa bouche charnue. Ses yeux surmontés de haine. J'aurais voulu lui dire que Mala, l'enfant aux pieds gâtés, a fermé mon sexe avec sa tendresse morveuse. Je ne dis rien. Je ne dois rien dire pour m'abriter de la gifle qui démange ses mains. Elle piaffe, hennit quelques menaces et s'éloigne, le dos raide.

Je n'avais plus de cauchemars. Juste quelques fantômes. Quelquefois, ils s'absentaient de mes nuits. Plus d'errance nocturne. Rien que le corps couché, décomposé dans le sommeil. Je m'ennuyais, je les appelais car j'avais compris qu'ils étaient le catalyseur qui me soufflait vers le ciel. Le temps passait. Le cul entre deux chaises, je le possédais. J'étais presque heureuse. Pourtant, je savais que le rouge-noir du malheur n'était pas loin. Je le voyais rôder autour de moi, marteler les rues à mes côtés. Je n'osais imaginer le pire car je le savais, moi la femme-fillette, que je serai dans le juste. Je traquais les pensées macabres. Je m'habillais d'espoir pour narguer mes craintes. J'avais l'audace d'escompter que l'amour réduirait les effets de l'adversité, leur destruction. J'oubliais que le malheur est fils du bonheur et que réchauffé en son sein, il attend le moment propice pour le laminer, chair par chair.

En ce matin du mois d'avril, il pleut. Quelques gouttes à peine mais qui habillent le ciel d'un manteau de deuil. L'air sent l'après-pluie. Je file vers notre cabane, des signaux de malheur dans le corps. La boue colle à mes semelles, m'alourdit. J'avance, les nerfs fracassés. Je croise des gens comme des ombres. Ils me saluent, je hoche la tête, les mots taris. J'arrive à la cabane. Mala n'est pas là. Je m'assois et tente de donner le corps aux rêves. En vain. Les minutes s'égouttent, me glacent. Je m'assoupis.

Quand j'ouvre les yeux, la nuit est à sa porte, humide. Je sors, l'esprit frissonnant. Je cours vers Mala, mon enfant. Je coupe à travers champs pour rattraper l'amour. Essoufflée, j'arrive devant sa maison. J'entre sans frapper. L'air empeste la sueur et la vomissure. Une lampe à pétrole brûle et taillade des dizaines de visages semés çà et là. Certains dorment. D'autres se soûlent. La grand-mère de Mala, crâne tondu, trône derrière une dame-jeanne de Bako qu'elle sert avec des clappements de langue. Je m'approche d'elle. Elle lève son nid de rides et me regarde, la convoitise dense comme la morve.

– Enfin ! dit-elle. Depuis le temps que je t'attendais, ma fille.

– Pas eu le temps, Mâ. Où est Pieds-gâtés ?

– Il couve ses vers, dit-elle, en pointant l'index sur une forme recroquevillée dans un coin.

Je m'approche de lui. Je touche son front moite de sueur. Il ouvre les yeux, las. Il me reconnaît, il sourit, il me demande de lui raconter l'histoire du petit marin. J'obéis, les mots comme des cailloux. Je sais la souffrance de l'enfant sous la coupe des vers qui cisaillent ses intestins. Et toute la nuit, je le veille et je prie même si je n'ai jamais su où adresser mes ondes. Aux anges lumineux de l'ombre ou à ceux obscurs de la lumière ? Je prie en égrenant le chapelet que m'a prêté la grand-mère de Mala. Quelquefois, une douleur aiguë le réveille. Il porte la main à son ventre, vomit des vers. Je nettoie. L'effroi vit en moi. L'odeur rance de vomi aussi.

Le jour à peine. Délabrée, je hisse Mala sur mon dos. Je marche péniblement, les yeux arrêtés sur ma destination. Je tourne en large les mots à dire pour convaincre le portier du dispensaire de nous laisser entrer. J'avance, convaincue que la connaissance du soleil, de la lune, le fera céder et l'incitera à nous ouvrir le chemin de la guérison. Mais les mots préparés se dédorent pas à pas. J'ai la bouche pleine de Bonté et de Beauté qui tombent à creux... La logique me fuit. À chaque pensée, j'égare un peu de moi.

Une ombre se découpe et se porte à mes côtés. Je tourne la tête. Un vieillard. Grand. Maigre. Avec un chien dégoulinant de sang qu'il tient au bout d'une laisse improvisée. Il me sourit. Il dit qu'il a hâté le pas pour faire le chemin avec moi. Il ajoute :

– La route est moins lourde à deux.

J'acquiesce.

Chemin faisant, il me raconte son chien. Ils se connaissent depuis douze ans. Toujours il l'a battu pour se donner l'illusion de la vie, pour se retrouver en amont. Aujourd'hui quelqu'un d'autre a frappé son chien. Une flèche dans l'oreille. Il ne veut pas qu'il meure, cette charogne, pas avant lui, car cet abandon, un encore dans sa vie, l'obligerait à regarder vers l'embouchure, le trou.

– Qu'est-ce que je vais devenir ? interroge-t-il en déglutissant les pleurs.

– Rien, monsieur. Rien. Les morts sont comme les vivants. Toujours les mêmes tares, les mêmes maux.

– T'as raison, ma fille, dit-il après un moment de réflexion. La terre est ronde et vieille.

L'hôpital. Une haie de personnes longue de plusieurs mètres. Partout des gens, hommes, femmes, enfants, limés jusqu'aux tripes, attendent, les yeux fixés au sol, l'instant lumière où le temps exaucera leur prière. Alors la grille s'ouvrira et, comme un seul homme, ils se précipiteront vers la blouse blanche qui délivrera la guérison.

L'instant n'est pas venu. Toute la journée la foule attend. Les uns assis, les autres debout, enfermés, chacun dans sa cage, unis par un même regard, celui qu'on pose sur l'autre qu'on estime plus malade que soi. Rien que pour se dire qu'il y a plus malheureux que soi. Plusieurs fois, je me lève, avec le soleil donnant sur mon crâne, je vais vers le portier, je débite mon discours, éreintée. Il ne m'écoute pas. Il reste assis sur un tabouret, les mains sur les genoux, il regarde ses doigts, cernés de furoncles et de gerçures. Il est si concentré qu'il semble nous avoir oubliés. La surdité, c'est l'art de trop entendre. Je n'y avais jamais pensé.

Je vais, je viens, j'humecte le front de Mala pour tuer la mort. Y a-t-il réel danger ? J'évite cette pensée. Je compte des voitures qui passent dans des geignements de roues. Je demande au soleil d'éclater moins fort. Rien à faire, rien à prendre, seul reste l'acte d'ouvrir sa porte à l'attente afin que, touchée, elle apporte demain.

C'est vers la fin de la journée que l'événement est né. La grille de l'hôpital s'est ouverte et il a déversé ses malades dans la rue. Les accidentés, les tuberculeux, les épileptiques, les lépreux, les syphilitiques, les paludéens. Ceux qui ne peuvent pas marcher sont portés dans des brancards ou à dos d'hommes. Partout des odeurs de pourriture et de mort mêlées à celle d'une fin de journée. J'ai un sursaut de dégoût. Je me retiens. J'interroge un vieillard sur ce qui arrive. Il lève vers moi un visage de Nicodème et me dit :

– Il est ressuscité. Il libère et guérit. Je vais redevenir jeune !

Il se perd dans la foule en boitant.

Moi la femme-fillette, j'ai un trou dans la tête. Il n'y a rien à comprendre, sinon suivre le chemin qui va apporter la guérison. Je hisse Mala sur mon dos et suis la procession. Des hommes sortent de partout et se joignent à nous. Des manchots, des borgnes, des mendiants, des aveugles, des boiteux. Et bien d'autres encore, des bien-portants, pauvres et riches. Une femme, de temps à autre, se jette par terre, déchire ses vêtements et hurle :

– J'ai péché contre vous, Seigneur !

Elle énumère les maris cocufiés, les enfants empoisonnés et les coépouses ensorcelées. La pagaille. Ceux qui s'écroulent sont piétinés. Des rumeurs circulent. On raconte qu'« Il » est une espèce de Dieu venu on ne sait d'où, d'un pays sans jour où il y a la glace partout. On dit qu'« Il » guérit toutes sortes de maladies et qu'on a même vu des femmes de soixante-dix ans, stériles, accoucher dès le lendemain d'un bébé joufflu qui naissait avec quatre dents. On dit... J'écoute, j'invoque le vent qui fera redresser la barre, et balancera les drapeaux de la délivrance.

Nous montons une pente. Chaleur étouffante. Ciel gris plombé. Nous entrons dans un stade gardé par des dizaines de policiers. Ils canalisent la foule. Elle braille. Elle le prend d'assaut.

Une chaire disposée au milieu du terrain, seule parcelle de terre inoccupée. Partout les malades s'affalent, s'allongent, s'agenouillent. Visages graves, presque inquiets. Certains sortent de leur boubou des sacs en plastique emplis des bâtons de manioc et des gâteaux de pistache qu'ils mordent à pleines dents. Ils expliquent qu'ils viennent de loin, de l'autre bout du pays. Les miracles du Seigneur von Deutschman ont les griffes longues.

Combien de temps s'est écoulé avant que le Seigneur n'entre dans le stade ? Je ne saurais le dire.

« Ooooooh ! » hurle la foule en levant le bras au ciel avec ferveur. Je comprends qu'il est là. Je me retourne. Ma poitrine est un nœud d'espoir, une formidable ligne de devenir, impossible à exprimer avec des mots. Seigneur von Deutschman est un bonhomme long et blond aux gestes larges des seigneurs. Il glisse plus qu'il ne marche dans ses vêtements blancs de mystère pour effacer l'ombre qui vient.

Seigneur von Deutschman monte sur l'estrade, lève les bras au ciel, le regard juste puis :

– Chers frères, chères sœurs, louons le Christ ressuscité !

– Alléluuiiaaa ! hurle la foule.

– Il libère et guérit !

– Alléluuiiaa !

– Que celui qui n'entend pas m'écoute, que celui qui ne voit pas me regarde !

– Alléluuiiaa !

Je hurle, je m'égosille, je veux que s'élève ma voix, qu'elle serve à limer le mal, à nettoyer l'air. Je hurle, séparée de moi-même. De temps à autre on entend une voix clamer :

– Je vois, je vois, merci, Seigneur.

Ou encore :

– J'entends, j'entends, j'entends… Je suis guéri !

Et moi, je continue à m'égosiller dans les « alléluuiiaa ». Un homme circule dans la foule avec un gros sac pour recueillir l'argent. Les gens donnent ce qu'ils possèdent : argent, bijoux, montres. Les retardataires arrivent en courant, suants, puants. Sous leurs bras, de petits sacs de monnaie qu'ils donnent pour plus de bénédictions. Moi je donne une pièce de cent francs, l'unique en ma possession. J'aurais tant voulu donner plus ! Peut-être alors…

Le ciel entre-temps s'est couvert et une fine pluie baratte la terre. Je me penche vers Mala pour distinguer l'instant où il s'arrachera au sol et hurlera :

– Je suis guéri, je suis guéri !

Je le tâte, il ne réagit pas. Je l'appelle, il ne répond pas. Mort. Je viens de comprendre... L'argent ! L'argent ! Du faux ou du vrai ! Il fallait trouver son arbre ! Plusieurs jours, j'ai cherché, j'ai découvert les hommes qui transforment des rames de papier en billets de banque. Je les ai suivis. La police est venue. Tu comprends ?

– Laisse ton cœur se taire. Se taire... se taire, dit Anna-Claude en brisant le fil du récit. Il n'y a plus que cela à faire, laisser le cœur se taire, se taire.

Le jour. Cendreux et trouble comme le devenir. Une femme enveloppée dans un kaba gris traverse à grandes enjambées la cour de la prison. Avec ses cheveux tressés ras et son kaba gris, elle donne l'impression d'une fragilité déguisée en force. Elle salue d'un geste familier un policier, lui glisse un billet de cinq cents francs. Il la remercie, enfouit l'argent dans ses poches et la précède dans un long couloir au cœur captif de la peur. Seuls quelques regards derrière les colonnades de fer portent les Babel de vie. Ils aboutissent devant une cellule isolée. Le policier l'ouvre. Une jeune femme. Rousse ou blonde, à en croire la lucarne qui distille une lueur rachitique. Elle est recroquevillée, le menton sur les genoux. Nul bruit extérieur ne semble plus hanter son décor. La femme au kaba gris s'agenouille devant elle.

– Ma fille. Dis-moi, qu'est-ce qu'ils ont fait de ma fille, gémit-elle.

– Votre fille ?

– Oui, ma fille. Elle était enfermée avec toi. Dis-moi…

– Votre fille, c'est moi.

– Pas toi, dit la femme d'une voix irritée, ma fille, Tanga.

– C'est moi…

– Laisse-la, intervient le flic. Elle est complètement maboule. On trouvera ailleurs.

La femme au kaba gris se lève, elle s'éloigne d'un pas mort vers la sortie, au moment où elle va franchir le seuil, Anna-Claude la regarde, les yeux fixes, denses, puis :

– Vous nous avez tuées, madame.

2807

R.I.D. Composition 91400 - Gometz-la-Ville
Achevé d'imprimer en Europe (France)
par Brodard et Taupin à La Flèche (Sarthe)
le 10 août 2001. 8863
Dépôt légal août 2001. ISBN 2-290-31548-6
1er dépot légal dans la collection : mai 1990
Éditions J'ai lu
84, rue de Grenelle, 75007 Paris
Diffusion France et étranger : Flammarion